水一直在时光里醒着
有时候我是水的一部分

水的情丝

雪原

水的情史

秋日

水的情史

我新近的日子沐浴着阳光

水的情史

逝水无痕

水的情史

故乡

水的情史

一半浅喜,一半深爱

水的情史

访隐者不遇

水的情史

寂静

水的情史

林间

水的情史

时光斑驳

水的情史

夏日午后

水的情史

去年今日此门中

水的情史

桑 子/著

中国青年出版社

图书在版编目（CIP）数据

水的情史 / 桑子著． —北京：中国青年出版社，
2015.11
ISBN 978-7-5153-3938-2

Ⅰ．①水… Ⅱ．①桑… Ⅲ．①诗集—中国—当代
Ⅳ．① I227

中国版本图书馆 CIP 数据核字（2015）第 260498 号

书名题签：雷平阳
插　　画：桑子
责任编辑：彭明榜
书籍设计：孙初 + 林业

中国青年出版社 出版 发行
社址：北京东四 12 条 21 号
邮政编码：100708
网址：www.cyp.com.cn
编辑部电话：（010）57350506
门市部电话：（010）57350370
北京科信印刷有限公司印刷　新华书店经销

787mm×1092mm　1 / 32　6.25 印张　85 千字
2015 年 11 月北京第 1 版　2015 年 11 月北京第 1 次印刷
定价：38.00 元

本书如有印装质量问题，请凭购书发票与质检部联系调换
联系电话：（010）57350377

她身上携带江南也携带猛虎
——关于桑子《水的情史》及"江南抒写"

霍俊明

1.

北方的第一场秋雨在中午兀然降临,天气骤然冷下来。我和彭明榜在作协附近的一个小酒馆中等待正在赶来路上的桑子。期间谈到桑子的诗歌和绘画,彭明榜说桑子一眼看去就是个江南女子,她身上携带着半个江南。

看着大街上避雨的黑暗人群,我想到了迷蒙中的往日江南。可是,在二十一世纪的中国典型性的江南和江南女子是什么样的呢?从日常生活中的性格进而联系作为一个诗人的形象,"她携带着半个江南"这个近乎基于地方性知识基础上的惯性理解甚或刻板印象需要进一步辨别。因为就诗歌写作而言,如果一个诗人也被冠以如此印象的话有时候是一件危险的事情。显然,多年来桑子诗歌中南方水气弥漫,江南的精神气息显豁。但是当我们将诗歌、历史和想象中的"江南"放置在当下加速度前进的城市化和后现代性的景观中来考量,如今诗歌中的"江南"有效性和重要性在哪里?也就是说,如果我们只是通过故纸堆和诗词文化以及近乎废墟的瓦砾残片来寻找"古典性"的"江南",那么以此建立起来的物象和精神图景是可靠的吗?因为对于当代人而言,我们更想看到的是记忆和传说里的"江南"

与"当下""现实"之间的关系。就当代晚近时期的江南抒写而言,这种类型和气质的写作无疑带有非常强烈的危险性。理解的惯性和想象的惯性很容易形成写作的惯性。就江南写作而言,有那么多的诗人像是从陡峭的山坡上抖落的栗子,没有谁能阻挡飞泻下来的"时间惯性"。当那些长于斯的诗人以及外来的观光客在诗歌中不断抒写江南的流水、石板路、飞檐、细雨、纸伞、乌蓬船以及山川旧梦和竹林隐逸的时候,这些固定的意象已经和俗套的成语、惯用语一样失去了曾经的生命力与精神膂力。在古代缓慢的近乎封闭的空间里,诗歌的时间也近乎静止,而那些循环往复的意象体系也是如此。而当时代语境转捩如此超出人们想象的今天,我们在诗歌中需要抒写或进行对话的是怎样的"江南"?或者就当代汉语诗歌而言,"江南"的有效性以及诗人就此的发现性和重构性在哪里呢?桑子就此的答案是——"事物并非你们看到的那一部分"。那天,我透过临街的玻璃窗看到桑子穿着一身黑衣穿过街道。她确实是携带着江南而来的。那么,她的诗歌所形成的"诗人形象"是什么样的呢?就是在这样的疑虑中,我开始读她即将出版的诗集《水的情史》。

2.

在当下自媒体所催生的群粉经济和瞬间即时性屏幕化阅读的诗歌生态中,似乎每一个诗人和读者都拥有了对诗歌发表、点赞、转载和评价的自主权和话语权,似乎诗歌正在进入一个空前民主化的阶段。但平心而论,这种自由和民主以及开放在带有一定程度的乐观意义的同时,其所呈现的前所未有的碎片化、圈子化、利益化和自大化、膨胀性的倾向更是毋庸讳言的。我除了不能避免的这种屏幕化阅读之外，更倾心于纸质化的阅读以及诗人之间切实的交流。在此，诗歌与诗歌的相遇以及诗人与诗人的相遇都需要一种特殊的缘分。当雷平阳在昆明翠湖边堆满故纸的房间写下"水的情史"四个字并随后快递到北京的时候，我想到的则是自古至今延续的"诗人情谊"。尽管此前我和桑子只匆匆在绍兴和福鼎见过两次面，甚至都没有说过一句话，但是我更认可建立于文字和诗行中的印象与情谊。当然，一个本真诗人所建立起来的诗人形象并非以往所反复反刍的"知人论世"，因为文字的世界有时候与生活的关系并没有那么硬性与直接。

3.

我想先说说桑子的工作状态。这是一个典型的理科女生。即使在特殊的诗歌世界中这种理科女生的特征也会时时显现出来，比如"她以太阳的方式写下温暖的复数""生长在冈瓦纳大陆上的古羊齿化石""面临弗罗索瓦·多斯碎片化历史的诘难""汽笛犹如进化论下的单线历史""火车的鸣笛很快上演了复线演进的图景""过去的潮汐和热带低气旋下的白色波浪"。对于一个海洋捕捞专业毕业后来又从事道路工程管理的人来说，似乎一切应该离诗歌很远。可事实是，桑子是一个例外，这可能多少与女性天然的猫性（敏感、细腻、直觉、通灵）有关。而且桑子与诗歌之间的关系超出了一般人的想象。

白天繁忙的工作状态并没有影响一个人的写作。桑子将自己的精神世界交给一个又一个夜晚。为此我们会看到一个个或圆滚或清灵的猫在文字中现身，"一只猫在雪夜里出现""它最轻柔的姿势也泄露了踪迹"。很多时候它留下的是一个眼神,一个快速闪现的身影。而这短暂的近乎闪电般的一瞬确实需要长久的凝视之后才能勘透其内里。绍兴城的那个阁楼与桑子的关系似乎更像是真实发生的关于女性写作本源的寓言化样本。这也是一个时常被偏头痛困扰的女性——"在暗夜里起身""在骨骼里取暖"。如果矫情一点说,女性的白日梦需要灯塔,需要远方,需要羽翼的话,桑子已经找到了。这就是一个个写作的夜晚——"我是如此热爱夜晚"。这种夜晚的写作状态在一般女性那里很容易成为情感、情绪和想象的偏执化倾向,很容易成为近乎雅罗米尔式的要么一切要么全无的精神洁癖。这么说并非意味着桑子的诗歌没有女性特有的白日梦意义上的童话情结,只是呈现这种情感和情结的方式不同罢了。这也是一个有着白日梦和水晶鞋童话的女性——"我不习惯说话 / 整一个上午 / 明亮的上午 / 我像金色的甲虫 / 停在一片叶子上 / 没别的 / 爱情把这个世界变成了一片叶子"。这就是诗歌精神的自我劝慰或者心理疗治。这个小女孩拿着放大镜放大寸小之物,让自己更便于找到寄身的城堡。在这里,每一寸被放大的空间都可以让诗人近乎在想象的辽阔中行走、奔跑、徜徉甚至飞升起来。只不过区别在于更多的女性沉浸于这一童话情结之中,而桑子这样的诗人则敢于将放大镜再次置放于热阳之下,聚集起光热将面对之物燃烧起来,然后一切化为乌有。敢于破碎,也是一种精神拯救。可是,对于整体意义上的女性写作经验而言,桑子在此确实是一个例外——"我更愿意信服有缺陷的东西"。在我的阅读视野中,桑子在南方女性写作群体中其精神的容留性和处理空间场域的开阔性是突出的。甚至我把我的疑虑说给桑子——你为什么总是写江南的故地故人故事？写小说也要写美国的越战，为什么不写写当下的"自我"？桑子说，我喜欢写陌生的东西。

4.

"蚕茧在沸水中慢慢煮 / 抽出丝来　剩下的部分可以制成美味 / 印度人不轻易杀生 / 在温水中取丝　蚕蛾可以活着破茧而出 / 我们在沸水中取丝　丝的品质更好 / 温水取丝可以制作纱丽 / 而沸水取丝大多可以成为艺术品"。不是沸水取丝，也不是温水取丝。对于蚕茧来说这可能关乎对错缓急，但是对于历史写作而言却是另外一回事。

浙江作家近些年来着迷于历史叙事的散文和诗歌写作的并不在少数，绍兴府、两晋国都、监国之所、春秋五霸的越国首都、大禹治水东巡的茆山、王羲之当年雅集的会稽山与兰亭都成为当代人情寄历史的基石。但是，历史抒写的难度却正在被忽略，甚至其中写作的危险系数已经超出了当代一些作家的理解限阈。

《水的情史》中第一辑"漆匠和屋外的一场大雪"和第二辑"水的情史"所展现出来的是氤氲不已四处弥漫渗溢的水气。从诗歌的时间、空间的维度来看，桑子是有写作"野心"的。显然桑子是要写历史中的江南水系、历史故地和人物命运。而女性写作与历史存在着怎样的关系？实际上历史并不是文字中的一个个等待清理的碎片。没有个体主体性的生命体验，没有可靠的个人化的历史想象力，没有对文字世界的求真意志，任何所谓的历史抒写都近乎扯淡和滥情。桑子在北上的火车上还在阅读关于浙江和绍兴的地方志和相关历史资料。这首先是对历史陌生性的初步理解。显然，对于诗歌写作而言，这还远远不够。在久远的历史面前，首先需要被还原和清洗的恰恰是时间本身。在处理、还原和清洗时间上而言，桑子能够处理和拿捏得准确，比如："如果用二掌柜的算盘算一下的话 ／ 应该还包括蚕上山之前的日子 ／ 如果算上利息 ／ 还应该加上 ／ 鸡在桑树上打鸣的那个春天"。正是还原了古典和农耕性的时间（农时）。我一直在桑子的诗歌中寻找能够打开历史与当下、时间与自我之间的那个按钮——"过去和现在陈陈相因 ／ 流水是唯一的线索 ／ 所有的事物充满着对未来的揣度 ／ 从上游到下游　随处一站 ／ 我就是彼时的我"。如何能够在处理历史和地方知识的时候既老旧又新鲜？"与经验错开的地方就是成长"——这是桑子自己的回答。我觉得桑子与诗歌和江南历史的关系更像是她与外婆的关系。外婆家的大宅院以及雕花的窗户都曾真实发生又转瞬成为历史遗迹，如今她只能在那个山坡上与坟茔中的外婆对话。她有时会在这个安静的墓地呆上一整天。这就是灵魂与灵魂的对话。而对于桑子而言，她与诗歌的关系以及诗歌中的历史就是灵魂与灵魂的对话。这就是生命诗学。你伸手所及的，从身体感知延伸出来的正是历史作为话语的一部分。由此，我们发现关乎历史的写作并不是沸水取丝还是温水取丝孰对孰错的问题，而应该是抽丝剥茧的过程。

5.

流水像血液流经躯体。水系、水脉对应的正是血管和血液，由此理解的就是"道成肉身"。诗人与自然之物和历史遗迹之间的关系并不是过去时的、单线性的，而应该是当下的、交互往返和可感可知的。与此同时，诗人还必须做到将自我的生命体验和独特的发现性具体化地投注在身边之物、心系之物上。

《山海经》中所载夸父逐日的故事世人皆知,却很少有人知道这同样关乎写作的常道。夸父在逐日过程中喝干黄河与渭水,后渴死于奔向大泽的途中,死后手杖化作桃林(邓林),身躯化作山川。这在我看来就是身体(生命)的自然化和自然的身体(生命)化,二者正是主体与外物的精神交互和相互打开的过程。只有如此,才能够在外物那里寻求到对应精神内里的部分,才能够让自我认知与灵魂发现在自然万有那里得到印证与呼应。

钱塘江、马金溪、芹江、兰溪、兰江、桐江、古海塘等等,一个个水系对应的正如诗人的血脉管道。水系与血液的相通,山川自然万有的血肉化、骨骼化、肌理化才能使得文字得以复活并具有穿越空间的生命臂力,也才能建立起诗人与生活、历史和世界的"肉身关系"。比如"渡口和船 / 像失散很久的亲人被遗落在人间","一个抒情的天才 / 山是肌肉起伏波动 / 像庙堂的神那样壮实丰腴","水流湍急如少年约架 / 冲动而危险"。

可惜个中道理,知晓的诗人只是偶然。

6.

大气与周正之气携带着淡定的锋芒与芒刺。我认可桑子诗歌中的大气与周正之气,灵动与周正互补,柔软与骨血共在。这与她的家族基因有关,更与其诗歌气息相连。

往往女性写作很容易走向两个极端。一个极端是小家子气,小心情小感受磨磨唧唧且自我流连,甚或把自己扮演成冰清玉洁纤尘不染的玉女圣女童话女主角般的绝缘体；另一个极端就是充满了戾气、亚气、脾气、癖气、阴鸷浊腐之气的尖利刻薄偏执。而桑子的诗歌不能说没有痛感，没有自我怜惜和独自叹惋，但是她的诗歌无论是在自我抒发还是在向外打开的时候都具有周正之气。也就是说她语句中的锋芒和一个个小小的但足以令人惊悸阵痛的芒刺是通过平静、屏息和自抑性完成的。至于诗歌中的大气对于女性写作来说也非易事。因为《水的情史》涉及到历史场域，所以诗人必须有打开时空可能性的能力。桑子的诗歌中不乏涉及历史、时间、存在的"大词"，比如"万有循环""几亿年来""几百万年的空白""八百年猛虎""日升月落　天荒地老""千万年我独自存在下去""一万匹马涌入山谷""我心中有一万匹马""喝完会稽三十六源的虚无""流水是一个人的起义与革命"。这些"大词"的使用需要谨慎，需要有如履薄冰的平衡和提升能力，反之很容易被这些"大词"所抽干吸空蹈溺。就如魔术师手中的黑帽子，看起来能够不断变换新花样，但最终却是空无一物，只是暂时遮人耳目罢了。与此相应，桑子此类诗歌的语言也是介于文白之间，客观而节制，有时候近于剧文的旁白。由此，我喜欢桑子看似平淡无痕地就大化小的转换能力，认可她这种将历史日常化和细节化的转喻方式——"人们通常用齿印去喜欢事物 ／ 酒店的彩旗常年迎风招展 ／ 轮盘赌桌边围满了一年的好手气 ／ 发梳供不应求 ／ 因为最近许多人剪掉了辫子"。巧妙的历史转换能力能够在兴味趣味中呈现和转换世故人常，而不是说教和刻印——"所有的东西都必须有实用性 ／ 杜鹃花在教室门外开得很野 ／ 不等它长高 ／ 掌房的就让我砍下它们的枝条作柴火"。这就是历史的日常化和具象化。但是这种日常化和具象化的历史又不是物理的投影和镜像，而应该是寓言化的方式——介入真实与虚拟之间。而这需要的正是诗人的个人化的历史想象力，而非故纸堆中的发黄档案和历史典故与人物传奇碎片的当下复述。诗人无论是介入历史还是深入当下都需要特殊的"求真"能力就在于此。由此我想到的是一个故事：

　　大雨天。老道士出门前反复叮嘱小道士要看好水盆里的纸船，不要打翻了。小道士时间长了不免打盹，纸船不小心歪倒了。好久，师父才归，一身怒气质问小道士，说今天在船上突遇大浪差点淹死江上。水盆中的纸船与真实的江海之上的木船正好形成了微观与宏观的戏剧化呼应。是的，一定有一个打通现实世界的隐秘通道，对于诗人来说这就是语言。

　　一定程度上，对于诗人来说"崂山道士"就是方法论。

7.

　　幽兰女史与坛城幻相。这是一个能谈龙谈虎的女性，而谈龙谈虎的女子并不常见。女子修习屠龙术者更是乏见。

　　抒写历史的人很容易任意为之而穿凿附会，一不小心就穿了帮。我们看历史剧和穿越剧的时候很容易因为其中某个常识错误而啼笑皆非或破口大骂。但是对于诗歌写作中的历史而言，却很少有诗人和读者注意到相近的错误发生。在桑子《水的情史》中我更为关注的是那些关于历史和想象的场景和细节。诗歌的虚构和想象空间是不言而喻的，但是这种虚构和想象是有一个底线标准的。正如桑子所说"即便历史如此透明 ／ 透明至浅薄 ／ 如今一些浅薄的诗句要触及往日的思想"。也就是在涉及到那些具象化的细节和场景以及意象时，历史对诗人能力的考验就提上了日程。而桑子经年的阅读、观察和行走所积累的对地方知识和生命体验显然使得她具备了基本的与历史对话的能力。尤其是细节的把握能力以及对特定历史框架中人文、历法、计时和感受方式的再现与表现是准确的。在历史场景和细节的复现与还原中,《漆匠和屋外的一场大雪》是代表作。成衣店,店内锃亮的铜器,嫁妆和棺木油亮的漆色以及窗外无声闪亮的大雪都以瞬间刺亮的颜色和质感成为有意味的空间。"庚戌三月"对应的是农时,"民国"对接的是历史,"沽酒的碎银 / 与缠脚女人的碎步 / 成为梦的黄粱"是对历史过去时日常景观的复现。此时、彼时、旧时、现在时搅拌在一起才能形成诗人的时间通感——"彼时的风 / 紧挨着旧时的水道"。历史并不能复原,当然也不意味着可以随意地借尸还魂,最关键的是叙述者的历史态度——"我们只叙述小历史","那黑沉沉的江上有金色的帆 / 晒黑的皮肤赤裸的脚 / 春天一样的血液 / 比抽象的观点更接近历史的真相"。

诗歌中的历史,尤其是女性特有的微观视野让我想到的是藏传佛教里的"坛城"(梵文音译"曼荼罗""满达""曼达")。2015年夏天在布达拉宫我第一次与那小小的却惊异无比的坛城相遇。那并不阔大甚至窄促的空间却足以支撑起一个强大的无限延展的本质性的精神空间与语言世界。这是精神和心髓模型与灵魂证悟的微观缩影。而无论是用金、石、木、土、沙子或是用语言、精神建立起来的坛城,最终也只有一个结局——坍塌、消失。在此,"虚构的死亡与爱情可以借尸还魂"。最终,这只是人借助不同材料来完成精神修习和对应的过程。而诗歌也是如此。

8.

夜里要藏好那面绿色的镜子。流水淙淙，钢铁铮响与猛虎在侧。这是一个冷雨或冬雪中炉火旁持镜的女子。江南淅沥不已的雨声和流水声最能对应于一个人的脉搏和心跳的节奏。于此，水和雨都是一种教养。这是时间的内在呼应与精神对位（比如桑子诗歌中不断出现的时间性的关键词——今生，前世，后世，历史，时光），也是自然风水与生长其间的人与物的呼吸方式。水成就了护身符。

桑子在《水的情史》以及以往的诗歌中不断淅沥的就是与灵魂和生命气息相呼应的雨声与水声。在这样的精神氛围和自然物性特有的节奏中，女性很容易成为阴性的柔婉妩媚性格。或许是越地特有的文身断发孔武好力的基因，桑子的诗歌性格显然有着强大和淡定、宽慰的一面。第一次去绍兴，在烟雨的街头仰头看到的正是秋瑾的雕像。桑子的诗歌多雨多水也不乏钢铁铮铮之声，她有柔软的腰肢也有铁样坚硬的胫骨，有琴弦倏然断裂之音，有猛虎在侧的粗重鼻息。她诗歌中不断闪现镜子的亮光。这让我想到刺客聂隐娘中那个被忽略的磨镜少年形象。我更愿意将"磨镜人"看作人生的一场精神隐喻。诗人是属于相信时间是会弯曲的特殊群类。犹在镜中又身处境外。镜子可折射内心与身旁之物，既是真实的又是变形的。其中适度的变形正是诗人所需要的。在镜子折光和阴影处，桑子带领我们与淙淙江南之水相遇，与灼灼之火相遇，与淬炼过后等待冷却的铁块相遇，与斑驳中的猛虎相遇。镜中既有无可挽留的梅花飘落，也有冷冷凛冽的不止雪意——"而冷是一种教养"。显然这种冷感和雪意对于南方女性的精神脾性有着特殊的意义和重要性。将冷和雪意放置在江南空间，我们必然会想到张岱和他的湖心亭以及南方冬雪。而张岱正是桑子最为钟爱的作家——"热爱生活也破坏生活 ／ 爱看下雪　可雪很少 ／ 也好　等雨来　雨停在寺外 ／ 停在长亭　繁花墙上空瘦 ／ 开出来的花都不是永恒 ／ 顶多是序曲和插曲 ／ 一念之差分崩离析"。这是一步步退缩到内心极冷处的过程。这也必然是人世的悖论。为此，我们也看到桑子在很多诗歌中设置了炉火和炭火的场景。冷暖色调的并置正是心理世界的映射和博弈。

9.

当年的张爱玲在古代戏曲《红鬃烈马》中看到的是"无微不至"的男性的极端自私。而女性在写作中一般会本能抑或不自觉地形成"戏剧化的声音"。显然我这里提到的戏剧化的声音和语调与当年艾略特所说的诗人的三种声音所指并不尽相同。这种戏剧化的声音很容易与女性在语言中不断确立和叠加的主体形象有关。就桑子的诗歌写作而言，这种戏剧化声音的形成和逐渐明晰是通过多个途径建立起来的。具体到《水的情史》，桑子首先就是通过想象性的戏剧性的人物和场景（比如《漆匠和屋外的一场大雪》，比如"城如旧时小说""有时候雪像一出虚构的大戏"）来建立戏剧化的声音，比如其中连贯的叙述者"我""他""二掌柜""索玛"。尤其值得注意和惊异的是桑子诗歌中的叙述主体"我"具体到一首诗中有时候竟然是男性的形象和声调。也就是这个"我"是男性化的视角（具体到诗来说既是叙述者又是观察者，从身份上而言有时候是底层的搬运工、杂工、手艺人、脚夫、跑堂的等等），这种性别声音的换位和声调混响以及多视角转换构成了非同一般的戏剧化效果。这是否印证和重演了中国古典戏曲中"女扮男装"的经典桥段？女性要借助男性形象完成和确认自我？与此同时，桑子直接将戏剧化的场景和舞台放置在诗行中间，人生如戏戏如人生的"戏中戏"如此胶着纠结共生——"相爱的人在戏中老去""戏台老旧 / 但留住光阴绰绰有余 / 戏里的男人骑马打仗 / 醉也好看 / 戏里的女子水袖如江水翻卷 / 红颜易逝 / 小碎步轻易跨过了几个世纪 / 一出悲喜散落成更多的悲喜 / 如密密的韵脚找到人们心上的裂缝 / 所有的人都没有掸掉身上的雪""演戏的演戏 / 看戏的看戏 / 灯火迷离　时光荡漾 / 间或有小船靠近戏台 / 台下青涩地调情 / 台上英雄与他的女人相忘于江湖"。在此，戏和梦是同构的，这样才能"与戏中的自己对望""我们在梦里获取虚构和宗教"。诗人的主体精神和诗人形象就可以直接在生旦净末丑之间循环转换或跳跃。而由此建立起来的戏剧化的声音以及诗歌的容留精神与开阔性就可以期待了。三尺舞台，一尺玩偶，诗人不能止于虚拟的大红大绿的铿锵大戏甚至信马由缰的故人故事。桑子能够做到将这些人偶置放于炉火之上炬之、撕裂、碎片、焚毁。虚无必须是诗人教义的一部分。

10.

不停地守望，不停地出发，不停地漂泊，不停地暂居和寻找。上游和下游，各种船只、码头、埠口、摇船的人都一起构成了时间和生命之水流的动向。这些起点也是终点所构成的就是诗人的精神地形。安忄、静思、安顿、宽慰正是女性诗人在诗歌世界中一直寻找的。桑子在诗歌中不断迎拒的一个重要精神空间正是"远方"。我们可以稍作统计以来佐证——"就在现代 / 开始谈论远方""每一刻都是开始 / 你所在的地方就是起点""而远方 属于出远门的人 / 雪花飞不到的地方 / 爱可以填满""爱上远方是最近的事 / 爱上码头和流水也是最近的事""我此时的生活是向某个遥远而未知的年代致意""我将不会永远居住在这里""我乘坐大船散落四方 / 到了夜里或者冬天 / 会像刀鱼一样洄游""我愧疚自责一生都在流浪""未知的远方反光如白昼""远方如此小 / 小到可以安放于心 凝于神思之所""我曾把世界建在远方"。这已经不言自明了。

哪里才是流淌奶与蜜之圣地?河岸的宽度,水的深度,水流的速度,江水泛滥或干枯,上游和下游所对应的不仅是历史如流无物常在的世间法则,也是精神世界的对应与显现。而内心才是真正的渊薮——人们往往是自己和自己过不去。如何能够"安于客枕"?诗歌无论何种风格,何种主义,何种精神路向,最终回到的就是人作为主体的困惑和疑问。这不能不让我想到当年一个诗人所透析出来的精神旨归——"想在天井里盛一只玻璃杯 / 明朝看天下雨今夜落几寸。"

她携带着江南也携带着猛虎。

这是桑子的诗歌给我的一个镜像。准确与否已经无关紧要,因为这只是我的一孔之见罢了。此时,北方的秋天正扫过平原而来。

乙未秋日,于大刘庄

目录

她身上携带江南也携带猛虎
　　——关于桑子《水的情史》及"江南抒写"/ 霍俊明 /001

第一辑　漆匠和屋外的一场大雪

钱塘肖像画 /002
　一．开化马金溪
　二．芹江
　三．华埠春汛
　四．龙游商帮
　五．兰溪风月
　六．桐庐祠堂
　七．富春山居图说
　八．钱塘江古海塘
　九．水之略

民国初。钱塘江干支流通航全谱 /009
　一．杭州富阳行
　二．富阳桐庐行
　三．桐庐严州行
　四．严州兰溪行
　五．兰溪龙游行
　六．衢州常山行
　七．常山上游行
　八．严州淳安行
　　——关于钱江源头的争辩

漆匠和屋外的一场大雪 /015

屿山 /020

  一．水经过的地方

  二．两栖人生

  三．理想而已

历史速写 /023

很久以前 /024

钱庄 /026

前程 /029

日出 /030

旧时学堂 /031

沸水取丝 /032

写此三更天 /033

游埠早市十章 /034

兰溪码头叙事曲 /039

龙游天下 /045

故事 /046

亭步驿短章 /048

城记 /050

时间河里的棹歌 /051

春汛 /053

一个沉静的小人物和一江春水 /054

东风辞 /059

  夏布

食物

　　一门心思地爱

　　船头自画像

　　水之教义

　　时光的接力

　　水

　　一无所知

风水志——新旧变革中的钱塘江航运 /065

第二辑　水的情史

收拾河山 /070

月亮摔在青石板上 /071

夜让一个人的灵魂出窍 /073

祭神 /074

废湖问天 /075

情事 /076

临水的日子是繁华的 /077

雪夜·猫 /078

春天迟迟不来是有原因的 /079

滩涂浮起一千个太阳 /080

孤独的骑士 /081

水一直在时光里醒着 /082

阴云沉沉 /083

我常常被雨带到下游 /084

无非如此 /085

妒 /086

别害怕 /088

人人都有激情 /089

桃花古渡 /090

我们在大船上 /092

戏之外 /094

你叫我河流,我很不情愿 /095

有时候我是水的一部分 /096

春天是你给的春天 /097

这些年,我活得老态龙钟 /099

短歌行 /101

雪像你一样 /102

住在水边的人 /103

一生就这样过 /105

水是上天的虚构之物 /107

被囚禁 /109

颜如玉 /110

困惑之解 /112

自由的疆域和王的天下 /114

读一册老连环画 /116

小纪年 /117

苟日新 日日新 /118

历史与暴政 /119

考古或修补 /120

酒 /121

风在说 /122

无物之阵 /123

长长的戏中戏 /124

在这之前 /125

大河的梦·女人 /127

我的女人是水做的 /129

都不是永恒 /130

第三辑 兀自东流去

行到独龙江 /132

伊洛瓦底江之夜 /133

24小时 /134

柠檬树 /135

寂静 /136

那就成全你 /137

炮火 /138

四月的孟拱河谷 /139

密支那很美 /140

从怒江出发 /141

体面的日子里 /142

清扫战场 /144

死亡 /146

拉班追击战 /147

去收拾他们吧！/148

一次进攻 /149

熊本正 /150

那些个支离破碎的事情 /151

请原谅 /153

中弹经历 /155

我们的敌人 /157

洗澡 /159

光 /161

苦雨南高江 /162

 一．悼亡

 二．雨是有种子的

 三．你长眠的地方

 四．怯懦

到那一天 /164

水的情史

第一辑

漆匠和屋外的一场大雪

钱塘肖像画

一. 开化马金溪

这儿时光愚顽且悠长
草木通晓光与水气的结合
无所谓深浅
无所谓远近
有条密径维系着水的秩序
总有力量在加入它
以至于我总想探究它体内的光芒
事事老旧又新鲜
喧哗在争夺内心
与经验错开的地方就是成长
因为舍得而获得了灵魂的加速度
因为万有循环的特质
更不用剪除蔓枝
绕过烟火的俗气
回避伤口的鲜血

二. 芹江

有光
水生龙鳞
春深时芹江渐绿

潦倒的照壁上有八百年猛虎
如老人在枯阳下假寐
大门上的铜兽锁繁华而寂静
流水正为江山松绑
济世是后话
船拢向渡口
凭栏的东风
叫卖夕阳
此时夕阳如血
钱塘譬如巨大容器
容日升月落　天荒地老

三．华埠春汛

雨在茶山洗茶
火在炉中烹茶
壁虎爬过墙上肥硕的太极
花窗伸展
倾听布谷的忧伤

庚戌三月
雨季漫长如遗忘
江水煮沸
船工赶鸬鹚下水
酒灼灼洗劫人的内心
雨一下再下
船头碰到了天空
所有的人

像未曾脱险的溺水者
沽酒的碎银
与缠脚女人的碎步
成为梦的黄粱

四．龙游商帮

春风盛大而哀伤
破败的门上有精致的锁
精雕细镂的鱼会在下雨的夜里入水
夜深
有人路过老桥哼着曲儿
月色如往事
梅花开至忧伤
猛虎从墙上醒来
它们穿过朝代
收集我们认为死亡以后不复的存在
渡口和船
像失散很久的亲人被遗落在人间

五．兰溪风月

当时她发亮的眼睛燃烧在我心坎
我只看见她
几个小时中我只见她
我只见她
直到圆月落下

她坠进天边云的卧榻

多年后
空气稠密
香炉燃香
我的身子靠得很舒服
后世的人将她藏进半隐半现的纸页上
避开了读者的探求
我们　时光的仆人
谢天谢地
流水是她的护身符　让她
时过境迁而纤尘不染
那些事
那些哀怨的愁
已在福地中得以纯洁
并带着怀想之美

六．桐庐祠堂

我们曾赞美大自然至高无上的权力
也听过琴弦断裂之声
想象猛虎在侧的危险

阳光太灿烂　水面光芒四射
它放弃了高高的塔尖
事物并非你们看到的那一部分
但总是仁慈与庇护

如今风烟俱净
且钓一江春水
濯洗功名与是非
成为人人想要的一部分

七．富春山居图说

一个抒情的天才
山是肌肉起伏波动
像庙堂的神那样壮实丰腴
流水让日子富足
对于色彩
他如何师法大自然
进行和谐和旋律的讲求
如光线追逐浓荫
令人宽慰的哲学去阐述人间的苦与乐

忽忽山风起
那份靠不住的工钱
黎明又把我们送上大船
嘿　兄弟
有什么好担心的
我现在是在富春江上
它的风流是认真的
它的美是天经地义
难道美
仅仅美　还不够吗

八．钱塘江古海塘

强潮在海盐裸露的肚脐之上
存入一只锡壶
琢之方　砥之平　弥直罅之水
鱼鳞用单色的静医治我们的水患
就在现在
开始谈论远方
和所有光亮的声响
赞美创造者吧

呼啸而来的水
如血液在阳光下高涨
身体内部的某种东西向崩塌让步
过错本身那么美
梦中听到水流之声
水的秘密透过目光生长
黎明在潮汐鼓荡中解开光的衣裳
太阳鲜红
四面的风正在流水之上繁衍他们的子孙

九．水之略

隐秘而缓慢
像一场大雪在云中酝酿
月亮的银靴正掠过晶亮的露珠
水如尖叫的小孩游戏

被遗弃在草丛

而智者在巨大的洪水中开始抓握它的身体
像地表举起了山体
火种应了打火石
有大船如旗帜
千万个理想春天般浓郁
试想在风中与光赛跑
无须神的启示
苦难已经能够治愈人类的顽疾
此时只需年轻
在太阳一遍遍的诞生中
质朴悠长
如世间一切恩宠之物
吐露俗世的芳香

民国初。钱塘江干支流通航全谱

一. 杭州富阳行

江宽五千余尺
风水天成
瑕疵是泥沙堆积
而层层偎依
水缓而波纹滞重
如江南青灰色的瓦

每有大船在寂静里出现
总有相反的力
给予仪祀的庄严
浅滩既成
六和塔德高望重
调停或允行　看风水行事
而富春江宽两千余尺
水流湍急如少年约架
冲动而危险
大船像犁田的牛
所到之处日新月异

二．富阳桐庐行

水依山而行　岸很近
一床的亲近感
如碧玉在君王之侧
江深八尺　美是多余
而至断崖绝壁之处
水之声如嘭响之旌旗
一万匹马涌入山谷
成一方气候

光是白色的水
而水仍然是水

三．桐庐严州行

桐庐发十里
水曲折而斩获自由
声如战鼓擂响
势如军令号发

至严州下游梓棋八九里
舟楫行难
而春汛时节　白石深藏
乃淹没两町半的葱茏

水深两丈五　舟行如歌
而隆冬时节

流水搁浅如遗忘
水深七八尺
似随候鸟迁徙
退而深沉
自然皆和谐
一成不变之规矩尽显粗鄙

四．严州兰溪行

溪流排炮似流经春天
教养粗劣的山石
树木被砍头
随流水奔赴下游
某一天它们被贴上红纸
杵在础石上
或者只是残桩　无名无姓
柱在水岸边
用缆绳系住晚风和归舟
此地水深五尺至一丈
宽三四町
刚好容得下一枚太阳和整个雨季

五．兰溪龙游行

很难发现
从衢港出发的商人最后的归处
即便历史如此透明

透明至浅薄
如今一些浅薄的诗句要触及往日的思想
如榆树被做成了窝棚
暮霭自它的头顶弥散
在清凉的夜里
试图治愈月亮的怀乡病

六． 衢州常山行

衢州上溯几町
左支流亡江山
右支流连常山
时时水流琤琮
偶尔乱石丛生
如无限的定数埋伏在必经之途
有水鸟停在树枝笑大船被搁浅
如不谙世事的孩童戏弄持重的暮年
只大橹如铜钟般可靠准确生动
只一次　如梦想远行　抑扬噌吰
只一次　如深爱一场　欢天喜地
只一次　如自由之于生命　远而近　轻而重
只一次　介于气息和灵魂之间
日月经天　江河流转
上游及上游之上如天空般触手可及

七. 常山上游行

梦见生命　死亡　爱　欲望　焦虑
梦见船晚点　大树生病　春天懒散
梦见魔鬼和罪恶……

没关系　上游已让出黎明
时光的另一种计量方式
刚从这里开始

八. 严州淳安行
　　——关于钱江源头的争辩

一个安静的夜晚
我听见他们谈论起源头
谈起生命之谜和死亡
在水上　没有一丝光

商人走了
为财富而奔忙的日子留了下来
渡鸦从从前的雨水中飞出
有农夫　在春天里播种
巨大的河流敞开着胸怀
彼时的风
紧挨着旧时的水道

再行十里至十里埠
转向西南往北

七小时可达严州上游三十里下涯埠
去往故乡
或者寻找最后的水域
往下游去
航向海平面
朝向海风吹拂的终点
真正的源头之行
——永恒的世界正在创造
每一刻都是开始
你所在的地方就是起点

漆匠和屋外的一场大雪

一

1912 年冬天
成衣店中挂着紫色
蓝紫色和黄色的衣服
主人擦着锃亮的铜器
屋外下着大雪
大雪有着安宁明澈的质感
仿佛重生
而冷是一种教养
空旷　干净无界
用以处理多余的感情

二

鲜亮的漆色如戏子的油彩
盛世的桃花拾掇在　暗处
这里四季常青
春天别有深意
也有上好的棺木上好的漆
将光亮深埋
死亡过于庞大　安放之所多么小
红漆的嫁妆置放在铺子最显眼处

心照不宣地愉悦　春天略显多余
漆匠忙于一年中最后的活计
刷完棺木　又点画嫁妆

雪越下越明亮
猫爪一样轻　把屋上的瓦刷到白头
明月一样亮　照亮夜的盲睛
除了兰江水
像新染的印花布
从上游一直铺向下游
三分之一英里宽　最阔　最堂皇
有船行江中　苍茫处
且信时间不空虚
信是江南的风骨　既信了开始
也请信了归程

三

在南方　雪分外重
夜深时将陆续压断最脆弱的枝条
天亮后　麻雀纷纷迷路
开始觉察到某种异样的静
静是抽身离去的静

四

乘船从兰溪到杭州　顺风要三天

出门前照例要供奉神灵
因为苦难太多
得像腌制的火腿一样用纸包好
仪式过后　喜悦将理所当然
苦将仍是苦
但或许会成为体面之事
廊前小作坊里堆着成箱的冥钱
让人确信财富缔造了神话
雪没有停
它佯装后知后觉
许多人正谈爱一样谈论恨
谈到炉火熄灭　天色将晚
谈到天地宁静　大雪漫天飞舞
谈到四季分明
巷子深深江辽阔
而远方　属于出远门的人
雪花飞不到的地方
爱可以填满

五

他爱观察事物　西城门正对着兰江
矗立在两长段台阶的顶端
下雪前一天　这里曾执行死刑
钢刀砍落了生　死是两相分离

西城门下有画像的铺子
像代人写信一样

画像以遗像为主
许多人围在那里
看犯人如何在一张纸上再度栩栩如生

六

兰溪城靠着一座小山
山顶有寺院和宝塔
香火鼎盛
巷陌宛如黑白格子的棋盘摆在江边
一年中最后几天　神龛格外鲜亮
供品都是上好的
漆匠家的猫眯着眼睛看世界
误以为拥挤才是年
偶尔会跑过一匹小矮马
穿过篾匠　木匠　铁匠　纺棉花　还有药材铺
——熊掌　虎颌　人牙　蜈蚣　蜥蜴和干海马
曾经鲜活的东西在商人掌心——复活
再死去
人们通常用齿印去喜欢事物
酒店的彩旗常年迎风招展
轮盘赌桌边围满了一年的好手气
发梳供不应求
因为最近许多人剪掉了辫子
对一个三岁的孩子来说
六英尺的主街道
已经足够宽阔
雪像过去的记忆一样白

如果不是惧怕一只上了年纪的猫
他也许会把手伸进烧饼店火烫的炉子里

七

戏台老旧
但留住光阴绰绰有余
戏里的男人骑马打仗
醉也好看
戏里的女子水袖如江水翻卷
红颜易逝
小碎步轻易跨过了几个世纪
一出悲喜散落成更多的悲喜
如密密的韵脚找到人们心上的裂缝
所有人都没有掸掉身上的雪
阒寂
时间悄然弯曲
遥远的东西触手可及

屿山

一. 水经过的地方

水的流向决定了城镇的野心
江河力的作用
战胜了它想评估的种种可能
一切的交汇皆被许可
昼与夜的交汇
过去与未来的交汇
无言的教义代代相传
如太阳顺时针的圆周
月圆时
光爬上宗祠和书院的墙
勇气和智慧一脉相承
谦卑
譬如无量之光的佛
而暗处
一波又一波的水义结金兰
屿山临水
根须扎进水深处
船一趟趟穿过尘世众生
许多人坐在岸边
此地星辰古老
四季轮回
水无尽

二. 两栖人生

如果非要这样去理解
那正是你最好的一部分
水是令人愉悦而富足的自然之物
如果非要这样去理解

你藉此有了不可超越的非凡之力
胜似野心勃勃的文明史
如果非要这样去理解

在这条河流之上
有着世间最美好的一切
有不可思议的神秘之物
一切干净而辽阔的庄严
你亲眼可见的笃信

三. 理想而已

以免活在触手可及中
以免自然消失在秉性中
以免自由成为流亡
以免美成为孤单之物
理想算什么

屿山只一种气候

打开的城池
光鲜如每一个人的想法
如百科全书如祝福
风水天成
或者截然相反
财富　权杖
至高无上的光芒
纯粹的强力
激流之上崭新的箭矢
理想的祭坛
如此而已

历史速写

一个白昼的时间
足够船从一个集镇到达另一个集镇
除了大自然造的界限外
没有其他界限
如果我们承认
江河对聚落起着决定性的作用
现在依然如故　一些别的想法——
火车和公路试图分享
一个安排得多好的世界
风向　季节　水流也曾扭曲这条时间线
一条船在江上
一条鱼在饵上
我们只叙述小历史
太阳运行在自己的轨道上
野草和藤蔓缠绕着倒塌的大理石柱
面临弗朗索瓦·多斯碎片化历史的诘难
那黑沉沉的江上有金色的帆
晒黑的皮肤赤裸的脚
春天一样的血液
比抽象的观点更接近历史的真相

很久以前

十一月初
兰江两岸的乌桕叶已经鲜红
我们将采摘雪白的乌桕子
卖给做蜡烛的匠人
那些年时光飞逝
幻想高于现实
我随时可以造一个壮观的理想世界出来
有时候我也会被我的逻辑吓坏
但现实让我忍耐
我忙于收割庄稼
与老鼠和虫蚁交谈
在田间踱来踱去
旷野的风把我单薄的身体吹得夸张无比
像鸽子的身体在老鹰的利爪下变形

草叶生长的速度惊人
花朵开得肆无忌惮
但迅速老去　死亡
它们的样子吓坏了我
这个时间的囚徒
只偶尔坐在江边
看货船川流不息
爱上远方是最近的事
爱上码头和流水也是最近的事
要不然　不如江对岸晾晒的新染棉布

那一英亩的面积
看上去就像一抹孔雀蓝
刚好与色彩斑斓的秋天相匹配

钱庄

一

二掌柜手指细长　如女人的细腰
活色生香
他算账算到更深夜静　算到瘦
算到油灯嗞嗞响　花窗长出枝条

有时我打钱庄经过　撞上
一些锦衣玉食的人
他们韬光养晦
低头走路
像极屋外的一江春水
正孕育着一些好事
与我裤腿和袖口沾着的泥巴相等

二掌柜瞥见我　手心有汗
点点杨花
静止在早春的空中

二

流水夜夜经过
与我的某种联系

如同风浪与暗流的关系

下午我看到二掌柜誊写了一张银票
伙计把手在棉袍上来回蹭了好久
才接了过去
我也把手蹭了两下
装进了自己的空口袋

但我总感觉这些事多少与我有点关系
二掌柜看我时
我手心也有汗

三

钱庄的柜台总是很高
高过矮马的鬃毛
钱庄的掌柜只负责三件事　印章　水印
汉字密印
它锁住三个月的日月星辰
三个月的风餐露宿

如果用二掌柜的算盘算一下的话
应该还包括蚕上山之前的日子
如果算上利息
还应该加上
鸡在桑树上打鸣的那个春天
如果运的是酒的话
可能时间会更久些

如果运的是盐
那自然可以减去很多日子
伙计说还应该算上一路丢弃的艰辛

而我觉得他们都不对
日月星辰根本没有离开
只有过去的兰江不知所踪
要算就得算上三千流水
并由此荡起的无数波纹
那些把我心搅得纷乱的光芒
如果一定要折合成一张银票

前程

码头与仓库之间的泥地似我的前程
我背着稻米与身体里另一个自己追逐
至高的理想由一些个心灰意懒的移动来完成

雨不合时宜解读命运
它们在我身体里建立起某种乐趣
既清亮又模糊
并有教养地舔舐我
带着无限耐心的恶
它对某些事物的毁灭不紧不慢
我看到木匠的刻刀足够的锋利
我看到埠头有布满凹坑的石头
早春的闷雷惊醒了一座城
如杀戮如拯救
比起完美无瑕的事物
我更愿意信服有缺陷的东西。

日出

大多数时候我只爱新鲜的日出
每天清晨它从黑暗深处挣脱
发出光辉的声响

我此时的生活是向某个遥远而未知的年代致意
比斗转星移己所不能更为神秘　更具形体

旧时学堂

学堂里新开设了西式课程　代数　地理　基础科学
还有英语　像二掌柜教鹩哥学话
听说英语老师是从日本人那里学的英语
而那个日本人的英语又是从一个法国人那里学的
除此之外
所有的东西都必须有实用性
杜鹃花在教室门外开得很野
不等它长高
掌房的就让我砍下它们的枝条作柴火
秋天　我挑乌桕油路过
到了春天
我挑着刚孵出来的小鸡路过
孵房如同火炉
小鸡一孵出来
人们一把四个扔到篮子里
墙上有一个鸡蛋大的孔
阳光透过来
人们对着光察看品质
整个孵房里有十二万五千枚鸡蛋
学堂里有近四百个学生
我没有上过学
在码头搬重物
在各式的角落憩息
有时暖风荡漾晚霞飞驰
城陷在巨大的沼泽地里

沸水取丝

有蚁蚕出售的铺子
门口用炭条写着:
十分之一盎司24文钱
琢磨半晌后听伙计说
一盎司相当于一两
一两蚁蚕最终能产出一百五六十盎司的丝
蚁蚕六周后就上山吐丝
蚕茧在沸水中慢慢煮
抽出丝来　剩下的部分可以制成美味
印度人不轻易杀生
在温水中取丝　蚕蛾可以活着破茧而出
我们在沸水中取丝　丝的品质更好
温水取丝可以制作纱丽
而沸水取丝大多可以成为艺术品

注:（一盎司合28克左右，相当于旧制的一两）

写此三更天

瓦灰色的天空垂下　群星闪烁
仿佛一切刚刚诞生
一些船泊在水岸边
像过分美丽的词局限着一首诗
等待是庸俗的
夜正从地牢里带出了黎明

游埠早市十章

一

后街
一个丰饶的世界
一大把蜜蜂飞来
嗡营之声四处流淌
我充当伙计
兄弟表亲在贩卖日月星辰
流动的一切总能减轻苦难
譬如春在风中嗅

二

早晨开市
午后散集
有妇人回头望
见桐花开得跋扈
风经过也多虑与迟疑
埠头遇到热心的摆渡人
热情纷乱如她的心

三

她浅眉低头
我的心就长草驳杂
她步履谨慎
青石板就古老谦和
我靠近火炉
火焰对着火焰焦灼
有人唤她的名
我擦拭镀银的镀金的
铜器也亮出了光泽
但转眼亮光全不见
她消失在人群

四

太阳没有把我们的阴影投在这里
我不习惯说话
整一个上午
明亮的上午
我像金色的甲虫
停在一片叶子上
没别的
爱情把这个世界变成了一片叶子

五

我再不去别处寻找
此地刚好
够我把她想个心狂跳
也够我把她忘得干净
游埠也曾向春风殷勤
它情深如许
但绝不慷慨

六

日暮时分
光亮更鲜活
一切都大胆而美好
世界在重新创造
夕阳正把一匣子黄金倾倒在河上
过往的船只纷纷搁浅

七

阳光是一场占卜
更像千万条水蛇
妇人从陡峭的台阶下来
去河埠取水
金色的蛇四散逃逸
将自己藏进碧绿的水草丛里

八

只管风中被毁了的形象
逆风的帆
会被提升到史诗般的华丽
每一次转向
都会惊拍起江河
没有翅膀
但足够飞翔

九

我静坐这儿有一刻钟
杜鹃花已经栩栩如生
一无所有多么惬意
没有房屋
没有土地
没有女人
可以把自己悬挂在任何地方
成为任何之物

十

游埠早市
动词太多　名词只一个

老旧的事物四面八方如鸟儿聚拢
我习以为常
过去和现在陈陈相因
流水是唯一的线索
所有的事物充满着对未来的揣度
从上游到下游　随处一站
我就是彼时的我

兰溪码头叙事曲

一

更多时间里
我把船上的粮食搬回仓库
把盐和丝绸运上大船
我也挨家挨户做伙计
学木匠雕龙　学漆匠描凤
我腌制火腿　熬桐油和柏油
我见钱庄的二掌柜
手就无处安放　我没有他细长的手指
那些个趁热打铁的夏天
太阳被随处嫁接
银票和账房是热浪的解释方式

近来　罂粟被连根拔起
鸦片被陆续收缴
无精打采的人进茶馆听戏
在船头喝酒
阴影在码头晃　而江是我唯一的命
我在这里寻找百种声音　上千色彩
成千上万个理想的可能
兰江没日没夜洗濯我
每当下雨　我就生病
大船已让小城怀孕

星星总是无畏地闪耀
远方总是明亮
水与火正无限结合　盛世绽放

二

荷塘沿 31 号
建筑之死　妙不可言
房子几易其主
后来租给了唱戏的
戏班子属四旧之列
祸及梁架人面牛腿
幸存在雀替上的图案仍美到绝望
美是十年不散的芳香
死是洗净
从恢宏的记忆中濯洗
直至鲜亮

三

大镰刀的月亮割下一墙树影
一个傻瓜顺手把它丢进草丛
它几乎没有重量
除了孤独　死亡与爱的面孔

四

古渡黄昏　偏瘦
风不想再去远方
在一亩花间　半顷水上安顿自己
林更稠密　夜无法逃遁
城如旧时小说　朴素又粗野
并非我虚构　我也在其中

五

我将不会永远居住在这里
不止一处的粮食酿成了酒
过去的烟尘在紫色的大江上冉冉升
仿佛土地的触须开始争夺天空
我要去远行
会会过江的猛龙　在广阔的堤岸上
与披着青铜的勇士相遇
一起去往那些江水可以涉过的地方

六

澉水驿。水皆澉纹
历史就是普天下人的德行
那最微不足道的和最伟大的德行

那睡在虱窝里

与冷酷的现实为伍的他们
正愁苦地望着兰江上的大太阳
不停地劝慰自己　有什么关系
我现在中流自在而行　所向披靡

七

暴雨淋湿柳家码头赶货的人
穷人和富人的面孔变得一模一样
他们将经衢县赴赣　或由江山赴闽
到了早晨
可以看见太阳用金线织好一江黄金
我偶尔路过一些好看的宅院
有穿着旗袍的女子抚弄着猫
弹拨岁月的轻响
而经年不回的男人
已从风烟俱净的江上
学会了广阔和久远

八

大旱。一场来自远古的争夺
天空与大地开始疏离
兰江成为巨兽的眼　深陷荒凉
它看到裂开的墓地之上群星坠落
它看到许多粮食荒在田里无人收割
那些继续耕种而暗自忧伤的土地

如臣子朝觐般虔敬

它看到怀念从死亡开始
往日的时间如群鸟纷飞
又纷纷聚拢
一切事物开始触摸到了自己的边际
它看到生长　迁徙　衰退
大船　一枚被束之高阁的土豆
田鼠在它腹中娶妻生子
它看到旧时兰溪
上游　黎明　无穷无尽的幻想
秩序和无处不在的暗疾

九

旱季持续　作为小小的注脚
天空的注脚
黄昏传来还魂之声
可怕的井中
干涸的河床　膨胀的欲望
许多人在山上采药　挖掘野菜
另一些人成为尸骨
成为寂静的一部分
多么安静的大地之腹啊

蚂蚁从江边经过
如一场默剧
语言和情爱尽在戏之外

我们在梦里获取虚构和宗教
流水是一个人的起义与革命

白骨让夜更黑暗
在五马渡有个致命的副词
在这里

一个尘埃落定的词　无河可渡

龙游天下

穿过植物生长的力
穿过水流击穿石头的力
以催动死亡的血液恢复奔流的勇气
牵动风呼呼前行的桅帆　逆着时光
贴近复活的甘泉　龙游

我以为太阳只是鲜红
直到看见万千的思想消融于时间的流里
我以为亭步驿只是一个码头
直到我无声的惊愕听到了它光亮的声响
我以为大船只是远行
直到我血管里涌动着忧伤看到有人仅用流水的言辞描述你
在地底　在天空　在所有存在的事物之中　有魂魄在冶炼
冶炼这时光涡漩中的初始之神
无数的意象升腾在天空　我们相爱　劳作　继续远方
在甜蜜　残忍　触须般的光芒下直至封锁的水域萌动

故事

一

老宅的门紧锁
院里的梅花被遗弃在放纵的阳光中
赤裸
但秘密仍在　辽阔是信仰
至今仍静静悬挂着

二

肥硕腰围的乌桕树
瘦骨伶仃的街道都已经不可返回
曾经的少年
如夏日正午燃烧着的少年
正走向屋外　从亭步驿启程
那大片倒影着云的江水之上
是正在孕育着的大海和远方

三

每一次靠岸　如捕食的苍鹰一般准确
在亭步驿　墙一样竖起的浪花舞动

水鸟尖叫着掠过

四

所有的东西都可以买卖
不能买卖的是记忆　后世的人不断地提及
提到他们
在偶尔的一出喜剧中把自己的角色辞掉

亭步驿短章

一

炉火煨着过去和未来之事
风水师言
龙娠江中　流水和月亮必定返回

如此循环往复
巫师教会我们如何理解秋天
那些古老的事件正栩栩如生
风吹着百余座深宅大院　时辰恰好
有诗句在暗处纷披生长

二

过去的繁华多么精致
也因为精致而不可复制
它如此安详地居住在寂静之所
已经少被打扰

三

流水迟缓如轻霜后的蝉，

江河的光芒让人类很小
关于存在
早起的男人正在渡口与黑夜交接

城记

有些生活已经结束
譬如陆负水挽 往来如织
譬如万水千山
自衢江而至秦 晋 滇 蜀
譬如城空志 多向天涯海角
商贾十年不曾回
那些从消失的时间中带走的叹息

而在石板街 河西街 西门
市井如虚构的过往
阳光倾泼 随枝叶晃动
耐心的人物在故事里走动
大河里的木舟已记不得从前 从前
城往西二十里 中隔一河
分河东河西两埠 河水温暖如庇佑
河东建房垒屋 必雕梁画栋
木材是上好的金丝楠
河西产橘 入朝进贡 必挑得上品
有太阳的光泽

而一条大江在天边转弯
相传有一种古老的活法
看似消失在暗处的叶片凋敝 皆是对根系的回归
在广阔的生长处找到未来时间的线索
后人写下城记：
龙游：衢之要邑 其民庶饶 喜商贾 崇道义

时间河里的棹歌

我们爱得太深的东西,没有一样可以摸到

——叶芝

十月的天空很寂静
躺在我边上的女人　头发缠着星月
所有的言辞在她面前都是陈词滥调

有时我们漫游在白石滩
假装与喧嚣的集镇相去甚远
一次长达几千年的倾心交谈
我见过各式各样不可理喻的野心　在水中
我迫不得已放弃经验
她东向婺县　北至严州　西达衢县
日夜寻找美的平衡与力的方向

白昼　她明亮得要死
我最愉悦的心事与之相比也黯淡下来
夜晚　她总是安静
阴暗处的谬误发出愚蠢的声响
她有经典的韵脚
她诸事独立
喜爱远方　忽忽如风的方向
最好不要爱上她
人世的悲伤会在此地无边无际
最好不要爱上她
生命的长度在她的标尺上尽显短暂

或者只是在词里捉住她
让她看起来满纸的枯燥令人皱眉
或者只是在时光的长河里歌唱她
让她看起来太过感性而愉悦轻浮
除此之外
我不知道如何去爱
令人心动万分

春汛

连下三个月的雨
二掌柜家的猫淹死在树梢
有昆虫驾着一小截枯枝
顺江而下
以为控制了水流
许多人站在屋顶　气喘吁吁
梦想打开天庭的门闩

一个沉静的小人物和一江春水

一

在赶趟儿远行之前
我把我的女人端详
大地的肉体
她走向天空
她种植庄稼
算计一年的收成
她以太阳的方式写下温暖的复数

二

我喜欢过一棵糊涂的柳树
一抹带血的落日
一座衰老的桥身
我爱过兰江十里怅惘
过境的桅杆矛枪一样站立
船帆如旗帜
高过城墙几许

三

点燃的火焰

在风中炽燃,
我看见一朵云以火的项链装饰自己
我看见人们像流水一样流去
我看见小人物郁郁寡欢
在江上
无根的植物随波飘荡
且自命不凡

四

七天七夜
波浪画出地平线
连同光线
兰江如悬壶济世

五

江之羽触摸群星
胸脯落满月光
白帆从三月的天空侧身过　捎着
不太详尽的破解
深藏于心的谜团
费尽周折的寂静
还有春天让太阳穴发疼的光线
灼灼烧于心的炭火
如此繁复无常
如此简单明了

未知的远方反光如白昼
个个温暖如胸膛

六

最佳之物是地平线
梦是后花园
火是我的宫殿
远方如此小
小到可以安放于心　凝于神思之所
但它控制了高处的一切
我生活在风的领地上
统治着一个王国

七

小小的船舱　离岸十几丈
犹如向晚的风中等待鸟儿的巢穴

我不担心蹙眉的雨季和灰暗的天
只担心夜晚群星多如羊群
风中的落叶多如牛毛
我只担心黑夜恭恭敬敬站在我面前
黎明又闯入我梦栖息之所
孤独的月亮比孤独的我还闪亮
我只担心丰盈充沛的秋天里
高利贷伙计红过挂枝的果实

我绕不开的岸　　令我缴出一年的收成

八

犹如茶道大师在杯盏间挪移
千万个漩涡与乱流　　桃花转眼飞走

上游近在咫尺
下游漫漫更深更广如朝圣之途
日子是檐下之水
在无穷小的颤栗中安定下来

九

马头墙在斜雨中耸立
河埠沉入波纹的细语
世间许多事物相克相生
流水正把眼前的一切从眼前带走
仿佛得道悔悟　　恣意汪洋
太阳已经许多天不出来了
但它不分昼夜撩拨着这一切

十

青铜的双手
百合花般的姑娘

这是宜人的江南
驳船突突驶离了河岸
赭石色的干草上黄橙橙的太阳

花朵像倾斜的红酒在江边挥洒
无忧无虑的少年船工风风火火
风吹得无趣
天边淡月像一片凋零的叶子

东风辞

夏布

亚麻色　轻薄如蝉翼
夏布笼我以穹顶
自上游远道而来的广阔的风
梳理缠绕的梦之困惑

江河如圣坛的镜子
大船穿行其间　仿佛在神殿中朝拜
太阳的金线交织在人世的经纬之间

我曾把世界建在远方
如今沙砾般沉甸甸的光阴
徜徉在我的心底　我依然依靠感觉生活
并不断发现新的　消失着的日月星辰
我爱过的　和爱的回声

食物

水面上有鱼游过
它们没有意识到窥视与野心
在咫尺的地方
以捕获它们而获得愉悦的心思
明亮而纯粹

倘若无法对抗暗藏的利爪
像极细小的思想碎片被一一打捞起
条分缕析
将过分强烈和尖锐地被区分立场

毛茸茸的肉食动物和
用鳃呼吸的冷血脊椎动物
死亡与进食
暴露在空气中的鱼　愚昧盲目
猫像潜伏的危机
蹑足而行　多疑　独断专行

阳光分崩离析从肉身中挤出
鱼鳞闪亮犹如獠牙
凋落的生命与白昼的弧光交错
人人都将成为兽
只有死亡堪称经典

一门心思地爱

分门别类的货物和一门心思的运货人
往返于大河之上

河水散发的温热有着爱一样的物质
脉管里激荡着生命的史前期
一波波的焦虑如灶膛里吞吐的火焰
桐江灼灼于心

那些给我力量又将我消磨的时日
那些光焰的理想
黑夜遮不住的星辰
在我来到此地之前已经播种
在发亮的水中

巨大的翅膀　在风波江上飞行
日子算不得美好
也不算新鲜　只是年复一年
在浩荡的光明中
我爱它的外在　也爱它的内在

船头自画像

1912 年以来　我自远方了解她
为了某个严肃而真实的目标
蹙眉凝神
仿佛波涛汹涌的深渊
顺着风向的皱褶　谦恭又激荡
不知名的惶恐
一一揉进我心底的裂缝

就谈论悲哀吧　那与生俱来
像果实一样饱满成熟
像美那样绝望透顶的悲哀
我辨识遥远的景色
一眼而过的世界里　费思量

城镇　酒旗　桥上的闲云
以及从前檐下
苍老的木门　布满风霜的脉纹
接纳与消隐
时间于此有了特殊的意义
它们柔弱　我得以舒展

桨声水声　忧郁的狂想
筋疲力尽的浪子给黎明披上了衣裳
总是听从万物召唤　总是疾驰飞奔
任何一个白天和黑夜
又幽暗又光明的甜蜜
与深沉　萦回于心

水之教义

瞧　琵琶弦语像春天蓬乱生长的枝条
流水像血液流经躯体
譬如黄土地里的耕种
在这里种植爱恋更加丰产
想起最初一滴水的来历
便觉自然皆可信赖，
这里江流宛转　世界自己在行走
走向未曾探究的奇迹

桅杆上高挂着的太阳
是人们在经验之外发现的永恒

时光的接力

沿着一万条羊肠小道
写一部大书虚度光阴
输掉此岸与彼岸间　光的货币
降下旗帜　败北三日
一日江南千里　夕阳在旧时堂前落下尘埃
一日巷子深深　枯叶　老墙如临摹铜版画
一日长河落日　树木疯长　世界籍籍无名
三日后　看流水模仿天空　模仿活着
沿着赤裸裸的生命之河　欢喜得要死

水

大船在江上寂寞航行
久了就变得像宇宙

每一滴水都透出冰冷
理所当然
所有事物都与我一样分享这水
几亿年来
在这个事情上　人类已算太迟

一无所知

黎明金色的光芒从枝叶间射来

有关重要的事情我们一无所知

谈起未来　如畅饮太阳
窗台的毛茛花凋零如一场扼杀

流水宛若妖精
有时离群索居
让人想触摸那纤细而遥远的真实
有时娶妻生子
让三千万年前的泪水自天空倾洒

风水志
——新旧变革中的钱塘江航运

一

"你们听到了吗？地盘动了！"
先父告诉我
"好像洪水来了的一阵轰轰的声响，老半天
老半天才响过去。"
我疑心他耳鸣
地盘在我们乡间
有着"风水"的意味
先父所以把这件事看作是神秘而严重
盖有着天下大变的预感
他是晚清举人　有文化的乡绅
后来我才知道
概天下大变只是杭桐线上小火轮的声音
似潮来时的轰鸣
但不久后　天下真的就此变了

二

我是时代的心脏
应当这样认为：
时间把我带入小火轮转动的春天里
汽笛犹如进化论下的单线历史

但火车的鸣笛很快上演了复线演进的图景
在钱塘江边　我看得够清楚
船头　铁制的锚堆着绿霉
像圆眉毛上聚满了坚毅的燕群

一个时代的暮色四合
宛如老画册的水墨在洇开　此中
不安分的色彩　是未完成的诗行
教人明澈而庄严地念想

三

浮萍开出蓝色的花
第一朵被温和的水雾缭绕
第二朵安静如长长地分离

有老人在晚上逝去
风熄灭蜡烛
哀哀低徊的乐曲响起
江上已经萧瑟
靠岸处　水落石出
布满旧时的悲戚和新生的软弱

四

水上的事物总是简单
近日　旧时的渡口忙于填土

一些好看的野花被随处丢弃

驳船靠岸又离岸
几家航运公司像鱼鹰一样争夺食物
而陆上
疾驰的铁皮车厢不由分说地带走了
最肥美的一部分

五

一点儿酒
就如临五月的天

五月　瓦灰色的天空
雨有一双无辜的眼睛
在大沼泽这面镜子里寻找自己
并长吁短叹那无法治愈的疾患

船行已三天
经建德　出富阳抵达杭州
我早就爱上了这条江
我贫穷　孤寂　内心燃烧
我的疾患像渐渐成熟的刺莓果
血一样红

水的情史

第二辑

水的情史

收拾河山

更年轻的日子里
我们四处寻找失散的亲人
沿着大地之体漫溯
像 40 亿年前原始的火
一浪挤过一浪
剥开岩石　熔融

那时候太阳不紧不慢
它教会我简单的手势
趁着夜黑　我们招兵买马
煽动叛变

有一个人试图把我们驯服
还听说
我的优势和缺陷　全在风波浪里
以耐心与坚持　收拾河山
光芒来自时间体内
升起或沉沦
我死于火　又在火中成为后裔

然后一场雨下了几百年
周天寒彻　我与更多的我相遇
又与亲密的你劳燕分飞
一生都在绝望中快乐　亲爱的
禹只触及表面
而我远在你的核心

月亮摔在青石板上

夜是轮回的戏码
我决定荒凉　怀着不满
过去的潮汐和热带低气旋下的白色波浪还在
创生和毁灭的欲望还在
人世太过生动
我闪烁其中　过于惶恐

我在魂中散步
看最精彩的戏分
怎样浩瀚的夜空才能安放我心底的苍凉

王家庄娶媳妇
桨声欸乃打碎十里银盆
天亮以前　破镜须重圆
新嫁娘要梳妆

我看到风吹开庭院的后门
院里的柿子在疯长
我看到咸鱼晾白石滩上
野猫在一旁盯着
盯着小树林里一只大鸟呼啸而过
一根飘落的羽毛带来敞亮的声音

我看到的人
一天一个样子
野地里有人穿单衣

吃一地的覆盆子
十亩地已经倒伏
等着弯腰收割

今夜　我的心情与月亮有关
月亮正挨近院墙　企图翻越
那轻盈的压迫　使我呼吸困难
终于它揪住了几茎瓦上草
噗咚
月亮摔在青石板上

夜让一个人的灵魂出窍

我们席地而坐
鱼的尾巴甩起涟漪
我想你　一遍又一遍
湖是我的城池
你的美掠夺我的野心

我看到暗处竹林　有小篆飞出
水已成酒
你一定不知道
夜是怎么与女鬼在野地里幽会
猫头鹰如何惊世骇俗地怪笑

梦里　我没有把桃花接住
桃花是你的小名　可我心流蜜
百转千回　也是春天的人

祭 神

牛被宰割　羊和猪像醉酒的人
横冲直撞
人们要把它们祭天敬神
如此美艳　如此惊恐

我被八台大轿
供奉
柳树下前朝的皇帝在戏弄群妃
桃花压着海棠　酒是必不可少

三江不在　五湖不在
英雄举着旧旗
收割西风和四月的雪
香火一寸一寸收走恩怨

开阔处是我的床
允你的爱在上面死去活来
或者翻山越岭　到达你
以水的方式　浇灌你我肉身

废湖问天

农夫在湖上
种了稻谷　谷粒饱满
因为它们长在大鱼身上

我呼之欲出的怨
给了每一朵飘过的云
白天和夜晚反转不休
太极在天空
旋转零乱
每一座山都居心叵测
每一条河都举目无亲
大雨倾盆
你无与伦比的情话
让我呜咽痛哭

我多么爱你　爱你的愚笨
爱你令人发愁的贫穷和哀伤
浊浪滔天　摧枯拉朽
我向东奔流
寻找天地间的砝码
责备我的人是盲目的

情事

那时候五谷丰登
桃花坞沾满露水
哑巴拾起桃花和海棠的艳骨
深藏春色

有落魄的马贼
在河边看夕阳
他听不到他女人的哭声
水之外的情事
都是讹传

临水的日子是繁华的

麻雀与地主讨论开春的种子
过了年　树被砍头
木匠雕龙
老人说　得雕上苦难
用来做船身
为了避免断流
还要刻上鱼和粮食
花窗是必不可少
水除了怕羞　还怕离别
窗格子可以把月亮囚禁起来

河流授予开春的土壤
种子在河的腹中翻滚
经过的村子都人丁兴旺
猫和鱼　终于小团圆
水的宴席　浩浩荡荡
一字排开

她的身子像妖精
她的性格像唐朝
她的情史没法说

雪夜·猫

一只猫在雪夜里出现
从东汉的瓦跳到南宋的桥
像六世达赖去会情人
它最轻柔的姿势也泄露了踪迹

春天迟迟不来是有原因的

再下一场雪
就不用出门了

就喝很多酒
把爱过的人重新再爱一遍
就烤火
把江南焙成古色古香

不看皮影戏
那被手脚操纵的把戏
只爱铿锵大戏和戏中红颜
只做英雄或他的情敌

春天没来之前
水边的事情都是情事

滩涂浮起一千个太阳

桃花水涨时节
我大摆乌龙
倒灌了三里滩涂
人们砌长堤　挖深渠
刻上了水文　唉
能系住我的
无非是李家腰身浑圆的猫
和桥洞里三只螃蟹
它们天天举着螯向我示威
有一天我要把它们拍死在河滩

这段日子雨水丰沛
但你的水不能解我的渴
我需要更深的音符
和更久远的穿行
我需要橹点密密敲击我胸膛
会稽三十六源　南连山万重
北带沧海千万里
我只念叨爱人的小名　桃花　桃花
一见倾心的时辰　桃花水涨
滩涂浮起一千个太阳
流浪的人儿回到了迦南流蜜的土地

孤独的骑士

那时的雪下得很厚
许多人喜欢火
火像爱情一样好看

越接近冬天
离死亡越近
死去的万物都埋在地下
他们生前与我一样
一样孤独　一样怕死
但还是死了
爱和信任的时光多么潦草
像戏里的朝代
一些真实的情感被生动回避

这个季节　万物老去
水是孤独的骑士
行走在自西向东的季风里
带着古老的尊严
并且一去不复返

水一直在时光里醒着

如果有云　我可以遇见圆寂了的高僧
听他不断诵经
看落叶如何飘到他的衣钵里

如果风刚好经过
会传来三亩地蚁穴的回响
咬断的苇杆砸中了田鼠的脚趾

要是下雨了　我的私心
一定藏进三尺深的水里
我必须抛弃概念　让雨成为大水
我必须抛弃自己　让时间空洞
万物凋敝

这些年　我一门心思活着
可盗湖的人让恨我爱我的人都找不到我

水是有光芒的
而光芒是不能掐灭的
我醒着就容易反动
我一直醒着

阴云沉沉

俊美如天使的跛脚诗人拜伦在说
我们由国王治理　由导师教导
由庸医诊治　然后一命呜呼

听听　时间之箭会穿透一切
有一天
美丽的太阳下只剩下艾略特的荒原
DNA 双螺旋结构扭曲变形
所有的创造在浓云密雾中消失殆尽

也许古埃及人有通天的愿望
也许古希腊诸神会悲天悯人
也许春秋国风吹号角所向披靡
英雄美人浅笑深悲

谁说辉煌永存　从前有一场洪水
一瞬间虐杀了中生代一切生物
沉溺于温热潮湿地带中的生命
是不可能长存于世的
永恒的流逝　水样的波动
孤独永存于世
存在的唯一目标就是消亡

我只对眼前的美山呼万岁

我常常被雨带到下游

在一年中相当长的时间里
她缓慢地流淌
水中有鱼　天空有大鸟
但有关键的几天
河水暴涨　漫过堤岸
无花的草类和显花植物泡在大水中
空气中弥漫着山林草泽的腥腥气味
人类成了一群毫无归宿感的流浪汉

然后太阳被掐灭
黑暗让夜巨大让孤独无所依靠
让时间没有立场

要是我就全盘接受
我常常被雨带到下游
覆盖更阔的土地　明亮而温暖
治水的人　在高地上歇着
他还没有找到他的马车和随从
的的驾——　他爱水爱到最后
爱到水改变了模样　整个江南
都淹没在烟花三月中

无非如此

你和我
绝非一棵树上长出的枝杈
分开后就再也无法结合到一起

我后悔
这些年
没有回头去找你
无非如此
那些爱过我和我爱过的人

看着我虚拟情节
死亡　埋葬
哭我　一遍又一遍

妒

他不谈政治　他把钱分给贫穷的人
他有一个哑巴妻子叫索玛
我妒忌他
妒忌　难道不算什么吗
这种妒忌每次出现我都标注了日期
就在昨天还有过一次

索玛跑来比划　他们要去远方了
准备捎上我　索玛有温情
她甜得沁人肺腑
她的纤手那么轻
轻得给我脑子留下恍恍惚惚的疑团
就一颗妒忌而骄傲的心来说
冷漠伪装却暴露了自己
有如乌云遮蔽
遮蔽越暗　越显示必有暴风雨
在怪人的心中　天天都有暴风雨
索玛如此漂亮
我陷入爱情的种种疯狂之中
血液里的火焰一旦燃烧起来
最坚固的誓言也等于草杆

他造的大船坚固好使
我们所到之处尽是繁华
黑瓦白墙和样子吓死人的石狮子

多么嘈杂的声音
多么忙碌的世界
对我的爱情来说是怎样的干扰啊
春色九重　我在城墙外
顶可恶的是人们说　如此可以医妒

别害怕

坟墓矮小
以致带花的长青灌木
和覆盆子都从远处爬过来
我欣赏她的美貌
但我害怕她的智慧

她向我诉说
她的眼睛如此动人
她注视着我
流露出她对另外一个人的爱情

她说　别害怕死
生与死是等同的事
可我害怕成为永恒之物
我只想成为瞬间的哲学家
活在两百年前
与春天之间隔着一场又一场的大雪

人人都有激情

人人都有激情　在内心啃啮身体
房子没人住就会坍塌
河流没有出口就会腐朽
索玛的男人爱喝酒
我想把他按在酒里闷死

这种事若要发生
必须大地颗粒无收
像法老时代那样大海干枯
大船改成沙漠商队

我的蹩脚的画家
在废墟上涂抹月亮
这段时间　我总是做梦
愉快的梦
和长尾巴的风在一起
坐在广阔无垠
阳光普照的天地间
什么都不做

桃花古渡

三月桃花渡
细雨是遗世文章
放生的鱼
来世成为我的新娘
那么多商贾　疾疾赶来
把瓷器和丝绸之间的时代收藏
秘而不宣
照亮七个大国的梦

酒
点燃了夜的火把
火很旺
桃花渡的女鬼不怕火
她等她的心上人　她属于这里
古渡外的世界到底有多大
一条河　三十六源
满世界都是它们的隐形之身和呼啸之音

这些都是俗尘

迟早的事
古渡要成为一幅远古的壁画
修缮时光
所有的庇护　不迟不早
谙熟庙堂的法力

曾经出发的人和抵达的人
都莲花般的祥和

我们在大船上

傍晚　村庄远了
清晨　我们再也听不到狗的叫声
桨打在雾气氤氲的河面上
留下一个个漩涡
像老牛在初冬的早晨踩着霜打的地
我们打量山上山下　村前村后
准备挨家挨户去攀亲

十八岁的少年赶骡子进柴房
出来的老汉已经七十八
他捆扎干草　修理农具
思想像堆肥
羊下崽了　岭里的野兔又少了
猫爬到了屋顶　望着大河
它有一些不切实际的想法

我庄严的理想像大鸟的翅膀
必须认真而幸福地赶路
一年到头
最满意的修辞与比喻
在熙攘的集市中伸展萌芽
春有海棠艳　秋有莲心苦
第一次坐船时我十七岁
大船载着村庄周游天下
四季枯荣　岁月流逝

只有索玛贴的窗花
从春天开到冬天

戏之外

光影在看戏人身上画出梅花和兵刃
梅花是今世的灯火
兵刃是前朝的月光
它们在戏之外重逢

梅花　长势很好
花瓣盛雪似春醪
可曾认得
倚剑天下的英雄
今世
是屡试不第的穷秀才
与戏中的自己对望
一遍一遍饮下
独醉不醒

你叫我河流,我很不情愿

像驭马的男人　带着帝王的血统
朝古代飞奔而去
船上有酒和心爱的女人

村庄倒退着
山林哗哗作响
一定有人到过更远的地方
存在的边缘
许多新鲜的枝桠
向天空伸展
鸟在星星之间筑巢
猫偶尔会爬到半空

风不停地诵经
它的肉身已经朽坏
偶尔在庙堂
偶尔在塔尖
雨季将来临
水道听途说　虚张声势
有人骑马喝酒英雄救美占山为王
我周游四方看七座城池争夺皇权

风水天成　似画好的藏宝图
赐盗墓者以野心

有时候我是水的一部分

夜在篡位
瞌睡的城池在内心

我愧疚自责一生都在流浪
白天五侯合昏千秋万岁
晚上字正腔圆进退有据
我热爱的世界从来不思考我

它施魔法于万物
赢得信任的方式令我着迷
信任是体面之物
潋滟　参透　论自由
旭日冉冉
虽然更多的人籍籍无名
像高塔之间的候鸟
气喘吁吁
心下茫然

春天是你给的春天

索玛和她男人睡在一起
她的皮肤有水蜜桃的味道
她是我见过的第一个女人
她让我想起蛇和狐狸
蛇和狐狸　就像爱人
和我睡在一起
我将肺腑小心掖进怀中
这事让我碎了心

第一天摘水月
第二天鱼喘气
第三天风生锈　猫撕开了巢穴
第四天远方笔直
铮亮的水在洗太阳　柳条着了火
第五天天空犁出了金光万道
大河一片昏迷
第六天索玛的男人跳上了船
他从不说话
他的脸就是语言　第七天
断肠的雨下断了肠
水在远处触及了天空
大橹吱吱咯咯
我有使不完的力气
再说我那断肠的雨啊
朝着哪个方向下都是四月

四月是春天的尾巴
我一小截野心
和那个叫索玛的女人一起私奔
在春天里
春天是你给的春天

这些年　我活得老态龙钟

河在幽蓝处抽枝
逃荒的人像痨病郁结在胸
又咳向四面八方
战争打响了
许多男人没有再回来
我记下了一些可信赖的东西
桥头的捏面人和招展的酒旗

有时乌鸦满天
天空像巨幅的油画
我日日坐在船头
看大河吐纳日月星辰
半生放逐的自己
现在水泊梁山

这个夏天　日本投降
索玛迷上了旗袍　伞骨和戏
我每晚都睡在火焰旁
我是如此热爱夜晚　梦里
我要放肆和热烈
让她死去活来
让她感到疼
她病逝时雪纷纷

她的身体仍是我未曾抵达过的地方

这些年
我活得老态龙钟
无法倒流的时光是对我最深的惩罚

短歌行

迟早会抵达大海
像河流一样
而在适当的时候
一些人会离去

我喝很多酒的时候
喜欢把精神和物质分开
把死亡与生命分开
像触摸夜一样去抚摸自己的灵魂

精神是什么
有些人不知道
但却能按照它的要求
安顿日子
死亡呢　在这之前
我们不提那些不辞而别的人
他们发现了永恒之物
世间的一切因此得以宽恕
我们选择的生活
将成为死亡的意义
总在太晚了才明白
我们可以原谅
可以不必赌气。
如今只剩下一点点时间
享受宁静的欢愉

雪像你一样

索玛　你死后就成了我的女人
地点没变　再没有人会知道

雪像你一样说话
说了许多还没有发生的事
雪像你一样美
我们做了许多我们没有做过的事
依偎亲吻　相拥而眠

有时候雪像一出虚构的大戏
像人世间的爱情
爱得越多　越觉得孤单

住在水边的人

水边的人喜欢月白
紫云英和美人的酒窝
你要让我心如止水不可能
如风湿入体
　　敲骨入髓的深爱

你懂得生计的苦
我乘坐大船散落四方
到了夜里或者冬天
会像刀鱼一样洄游

你有醇香十五度
在舌尖浓情蜜意
再不许失魂落魄地痛
你那么美那么美
夜里要藏好那面绿色的镜子
里面散落了遗世的珍宝

一条大河世袭了千年
多少浮华沉淀在底部
密密匝匝
最瘦的白驹也过不了
水中龙角峥嵘
每一尾水草都葳蕤
经年的福祉酿成了蜜

我亲爱的夜
亲爱的冬　亲爱的生存不易
都在淬火　洗濯
在南　在北
练习去欢喜　去爱
爱上入戏的海棠
错落有致华彩辞章
我一喝就醉的夜
醉了就睡在你身旁
在烟雨的江南
　　脱胎　来世

一生就这样过

隔壁的王二
在时光里穿行
你是他杏花春雨的过去
好在一切暧昧的时辰
兼具发酵的本领

王二说
你俩本该继续爱下去
而不是靠记忆
获取体内跳出来的鲜活
那个叫爱的话题
而今放下了天　也放下了地
三百里流水做了苦役
周而复始
尘世的苦与乐　东升西落

再不与稻粱谋
王二在船头唱戏
长生殿偏短命
周郎灰飞烟灭
唱着唱着就唱出了寂寞
他竟然记不清你二十年前的样子
时光也不能安慰他

王二啊　夜多么辽阔

那时候凤仙长在酒坛上
群星为神的事情在奔跑
大船逆风疾驰
多少决心淹没在大河里

水是上天的虚构之物

来来来
锦衣布囊　都用来装酒
就喝很多酒
喝完会稽三十六源的虚无
现在你更了解极致的魅力
爱已经是很多年前的事了

爱与爱所钟情的痛苦
已是隔年的雨　经世的风水

明亮的水草
是写下的三千诗行
用以体察人世的恩怨
探究潦草的时光
看看永恒的理想如何落草为寇
就温柔　不设防
消融咄咄逼问和百代而下的回答

谁热爱着水
并且酿时光为陈醪
你的爱是飞向一汪春水的准星
浓酽的缱绻和宿命的爱恋
可怜三月的桃花　一日生一日死

我仍是水中生存的庞然大物

每天在自由主义的天地间进进出出
在水中遇到的人
都是水鬼　不疼不怨
我虚构的死亡与爱情可以借尸还魂
而水是上天的虚构之物
允苦难的灵魂从肉体的丛林中飞出

被囚禁

人们发明了竹简　丝帛　宣纸
自然就死了一半

有时候
我想把整条河带到上游去
在遥远的地方
有成群的鸟和一年四季的雪
那里　站着睡着
都是一种飞翔
来得及对你好
也来得及爱到沸点

颜如玉

他在阁楼的书房找她
他只抚摸那些古旧的书
尤其是平装书
书阁的灰尘　一直
比闺房的香气更迷人

她等着他
五腑俱毒地等着他
像七座城池等着荷马

太阳进攻得太猛烈了
他将她置于窗台
就像一页劝降书

思想进攻得太猛烈了
就像在神龛前放上一幅圣像

死亡与美进攻得太猛烈了
他将她放进胸口
就像放入一座神殿
世代不朽

而有时候只需要阅读
木尺限定的文字
吮吸隐藏的意义

仿佛一个春天
只需要一个动词和一个名词

困惑之解

张公乐水
夜夜出　卧舟看月中
原本白天也能看星宿
但蝴蝶用翅膀在运土
遮住了它们

张公认为　人是万物之灵
是时间的得意之作
那里　时间稠密浓重

他总是睡不着
天空空着　水留白
词无限生长
夜长得说不过去
他担心它的尾巴会碰到什么

为此他必须从头开始
因为绍兴府
实际上就是监国之所　就是
南宋临时都城
噢不　是两晋的会稽国都
是春秋五霸的越国首都
是夏王朝
是大禹治水东巡的苗山

如果事情是这样的话
事实上就是这样
是应该　安心地睡了

注：张公为张岱

自由的疆域和王的天下

吉尔伽美什并未存在
只存在一个美丽的国度
紧挨着低矮的丛云和屋顶一样的山
同眺望的眼睛相对

那里会稽是王的
月亮在水中筑巢
米可以成为甜醪
尤其是一些勤劳与善良的人
或者更简单：庄稼人和打鱼人

时不时有梦经过
更多的时候
他们围着诗歌的火焰
讲述马上击狂胡
马下草军书的陆放翁
讲述范大夫筑城立郭
分设里闾
讲述忠臣伍子胥被杀
历史像夜一样缓缓落下

这里的每一个白天
都像打开的书
书中的人物下一刻会出发
去金戈铁马　醉卧沙场

这里的每一个夜晚
星星都会走动
浩渺如同我们的历史
它们在沉思中行走
从史书中得到生命之书

而有时　难得的空闲
人们在竹林里　水墨
最初的日子
许多离去的人会返回
雨滴下　时辰死去
相爱的人在戏中老去

一些自由流浪的云和鸟
宛如长长的流动的平原
还有一些茂密的森林
它们懂得将花朵揉进自己的胸膛
美　由于这一切
必须死心塌地　必须停留
必须拥有一个名字
人们叫它们会稽山阴
我叫它们自由的疆域和王的天下

读一册老连环画

演戏的演戏
看戏的看戏
灯火迷离　时光荡漾
间或有小船靠近戏台
台下青涩地调情
台上英雄与他的女人相忘于江湖

日晷沙漏　壶中有酒
酒煨在炭火上
后半夜　花草告假
猫踩醒了船栏
有云辗转反侧　雨迟迟未下
如所示　这个季节神明降临
美人卧绣榻
斗转星移　舷窗外
慈悲的树　从团墨至湛蓝
浓绿　浅绿
而璀璨至金黄

小纪年

水分被土匪劫持
太阳被拘禁
愚蠢的人忙着赶路
过去我们水泊梁山
现在红罗昏帐
人心沉醉　大地腐坏

大河有篇废话要流传于世
时空的荒漠寻找早起的人
仍未果　那三生漫漶的韬晦
他们无灾无恙
依然买不起房　申不到保费
却深知
凡人不可过多言及命数
并深深希望在好天气里作揖致谢

请原谅好天气迟迟未来

苟日新　日日新

他不会喜欢新诗
他闲来唱"手执钢鞭将你打"
酒后又"错斩了郑贤弟"
他不喜欢新诗肯定也写不好新诗

他要为大地占一次卜
用一堆甲骨　在发光的门楣上
都把好日子寄托在空中
连鸟儿也发笑
乌有乡　壁上观

避谈社会根本
密封在天知地知里
没有番邦　也没有祖国
或者更有趣　吟风中绝句
作长短骈句　蜕皮脱壳
"苟日新　日日新　又日新"

历史与暴政

艾略特在银行上班
弗罗斯特在家养鸡
诗人本该安分守己

诗不是什么好东西
光顾着去伸张正义和自由的内心
莽撞而辛辣
破了伟大的障眼法
全然不管　王的社会伦理版图

该死　该死

考古或修补

诗歌囊中羞涩
但惯于叽叽喳喳　歌舞生平
诗人踟躇　假设困囿
雕虫小技
耗尽精神的三寸死穴

争取做稳奴隶的位置
本分老实地凝聚怨忿
蛮钝视作天赐的低碳视角

雾转浓
关键词被抽走
无戏谑的对白
尖锐的纷争
太阳全然失明
淹没在大沼泽地里

当下太平无事无虞
流萤飞过　大地荒凉

酒

成为酒以后
可以足不出户　而知天下
可以腹中空空　而成仙主
出征的英雄骑不骑马都穿过这里
既醉且战　专攻反叛的主

而这之前
山水与气候多么重要
甜润的呼吸必不可少
等待的时间需要精确计算
整个世界在瓮中孕育

天才不能显露出来
怕哭声太多　功利太俗
怕错认了忘我的良宵
对错了革命的暗号
只能心如止水　美而不言

风在说

供仰仗的静止世界观颇涉祭祀
但时间从不听话
此一时彼一时的风向腐蚀
投石问路

诗歌的狼藉能败坏什么呢
文本与诋毁的重叠突出了不能重叠的那部分
风在说
风什么也没说

无物之阵

这里
没有赵太爷和鲁四老爷
也没有恶霸地主黄世仁

穷人们跟谁去争呢
在桃花庄
人们除了喝酒
还有什么事情可干

有时候
我真想通过小人物想入非非
一路向东　成为河岸边
一帮闲汉和放荡娘们的布景
如果
人们只会往我身上扔石头

长长的戏中戏

水的大戏不属于一个时代
它属于所有的世纪
舞台对于它的天才来说
是个不相称的地方

但她仍将演出
沉迷于普通人的精神世界
过去的一些大人物
只作为饭后茶余的谈资
历史亲手埋葬了他们的理想与热情

谁都可以创造自己的生活
迷惘与酗酒一般理论
一万年也躲不开
戏中人经过
只是一种印象
而非一场论证

莎士比亚名剧重演
　　美不胜收
　　只演一晚

在这之前

这里有一群孤独的
感伤的　毫无归宿感
在渺茫的世间永远的流浪者

在这之前
在永恒的流逝和水样的波动中
生命沿着一个深刻的规律前行
生长在冈瓦纳大陆上的古羊齿化石
被带到西藏保留了下来

在这之前
王国在上　地狱在下
人类做出选择
曾经的庞然大物变成精巧的虫子
只要有足够的时间
风化销蚀会把高山搬入大海
只要有足够的时间
生命演化会超越人人的想象

在这之前
自然选择与生存竞争叠印
激烈如洪水猛兽
温柔如山溪漫溻
热情如荒原天火游荡

在这之前
是几百万年的空白
太阳温暖　天空明净
时间的概念尚不清楚
无所谓存在或不存在

大河的梦·女人

我要是做梦
一定做一个带着威尔士风俗的梦
自然与生
死要焊在一起
男人有原始的生命强力
女人要热烈斑斓
与水　欲望和死亡结合

太阳不一定在东方
开始未必就是源头
只有循环才带来勃勃的生机
我心中的一万匹马
朝一个方向奔腾
星星全部起身
每个过去都是神话
比革命和斗争更可靠
比勇气更能慰藉人心

本能是很久以来的威严
千万年我独自存在下去
我害怕早晨　害怕醒来
害怕死去的人　害怕鸟叫
害怕陷在沼泽地里的太阳
有女人一样的眼睛
像上帝走过的天空

让一切荒凉

我的女人是水做的
她在我身上犁出万道金光
她有马匹一样坚强的轮廓
她的十个手指都是火焰
没有她　大河没有尽头
火炉里的火不会绽放
庄稼厌倦生长
书堆里囤积起许多陷阱
多出来的人在多出来的时间里
做梦　发霉　破碎

我的女人是水做的

那时候我想要的
都已经忘记
除了你　棉布单衣下你的身体
赤裸着　春的慌乱

我不介意以这种方式生活
夜已经熟透　一整夜
我睡在杜鹃花下
花瓣飘落　我们如此接近

都不是永恒

镇南寺边　开满了杏花
像瓷上釉黄
醉中小令

寺中小僧来扫斜塔月影
碰碎形而上的星　星落深井
墙上和合二仙　苦里圆满
不上假山揽风月

可他在老家的亲戚酿酒
杀生祭祀
热爱生活也破坏生活
爱看下雪　可雪很少
也好　等雨来　雨停在寺外
停在长亭　繁花墙上空瘦
开出来的花都不是永恒
顶多是序曲和插曲
一念之差　分崩离析

出于现代启示和活化资鉴
时辰交错相遇
但都不是永恒
除了日月星辰
除了水

心中的佛

水的情史

第三辑

兀自东流去

行到独龙江

雨和比雨更糟糕的蚂蟥顺着我的脖子往下滑
有人说我们正走向死神的地界
可我还是爱　这个　我的一切
这世界　上帝的皮鞭正在抽打它
星期四和暴发的洪水可以作证
还有三两恐惧　二两花生米　半斤酒
如果边上的小伙子不那么斤斤计较的话

伊洛瓦底江之夜

我以什么与你同在
伊洛瓦底江　圣乔治的龙
曾在暗夜里起身
在我们骨骼里取暖

你曾经的信任如此盲目
想象　我们杀了彼此
一生只流一次血
用以摧毁所有的战争

时间弯成弓箭手
搭上我们这些亡灵的幽魂
伊洛瓦底江　请你原谅
我们将成为历史子宫里的种子
听那些死去很久的自由之歌
在地底
伊洛瓦底江　人类在这儿感到很冷

24 小时

他试着让一只缺乏稳定性的动物站稳
在他的饭盒中　有一只雏燕
它 24 小时前从树上掉下来
一些柔软的叶子铺在它身子底下
他越过警界线　去摘一些好看的果子
又弄了一些蚜虫来　喂养它
他一定在它身上发现了一种美德

活着

24 小时后　他被一枚榴霰弹击中
雏燕从饭盒中掉了出来
用嘴不停地啄他的衣领
它在他身上发现了一种有害的东西
譬如死亡

柠檬树

那天　桑德斯笑着和莱蒙说着话
然后，他迈出特殊的半步
从树阴处走到明亮的阳光下
埋在那里的105榴弹炮改装的诱饵雷
将他炸飞到了一棵树上

二十年后　我还能看到他脸上的阳光
看到他在转身　回头看着莱蒙
然后　他笑了迈出那特别的半步
当他的脚落地的一瞬间
他肯定以为是太阳光夺去了他的生命

他的身体就挂在那里
我和詹森受命爬上树
把他拉了下来
我记得一条胳膊的白骨
一片片的皮肤
还有一些湿漉漉的黄色的东西
肯定是肠子　那些血块令人恐惧
而且我摆脱不掉它们

三十年后　使我从梦中惊醒的
是我们从树上往下面扔尸体部位时
詹森唱的一首歌《柠檬树》

寂 静

肉体有更深更广的朝圣之途　死亡之后
墓碑会平息时间的烽火
灰烬属于曾经的勇士
黑夜一再扩张　这铅灰色的油画
过于庞大　对于阵亡谷与孟拱河
无数个悲伤的灵魂来说　又太单薄

那就成全你

为什么要来到这里
这个遥远的地界
腥红的蛇芯子和龙舌兰争相斗艳
这四月的清晨
你想得到的东西很难得到
自然的聪明总是高于人类

为什么要来到这里
一切都已盛开　你看到的
瓦房在炮火中绽放
子弹像节日的焰花
战士空荡荡的袖管飘扬如旗帜
鸟儿已把坏消息驮向了四面八方

为什么要来到这里
就因为我们的名字相仿
就因为我们的年龄相仿
我们的父母爱我们　　就像你们的父母
就因为我们会有自己的孩子
孩子也会爱我们　　就因为爱
就因为你固执地认为世界必须是奇数
必须有缺陷　必须有责难
必须有忏悔
所以你要不远万里来到这里

好吧　　那就成全你！

炮火

蜜蜂一下午都在河岸边忙碌
蚂蚁抬着一小截枯枝　一路向西
散兵坑里的几个小伙子一齐被炮弹炸上天
又全无执念地落在地上　归于寂静
炮火真他妈伟大　它一下子填平了
贫穷与富饶　信仰与亵渎

四月的孟拱河谷

许多人最初没有把这儿当成归属地
孟拱河谷　阳光在宽阔的地方停留
小舢板泊在岸边　当东风吹来
空气中就有柠檬的香味
薄荷的香味
假如风从西边吹来
就是温暖的蛰气
除非早已习惯
偶尔会飞来一只长尾猴
用灵活的身子去威胁三两只鸟雀
它也观察扛枪的人类　好奇
那些伤口上流出的血
是否泄露着秘密
而必须用止血带密不透风地缠紧

它好奇
树下几窝老鼠越来越肥
它们有一尺长
为此眼睛看上去更小了
身上的味道越来越难闻
它们噬血　吃腐烂的肉
吃那些不缠绷带　身子青而绿
没有秘密的人
在如此干净体面而略微庄严的四月里

密支那很美

在伊洛瓦底江西岸
密支那茂密的丛林一直延伸到城市
如今蚁蝼般的日本兵
将城市变成了一个巨大的堡垒
密支那的路还和原来一样
只是玫瑰更少

密支那的人仍旧在这里
浆洗永恒的衣服　干净是信仰
他们的身体中有一半的生命
和另一半的死亡
还有古老的尊严

密支那的母亲
每天在田间劳作
像蜂鸟在世界的门廊下
以箭矢射向天空蔚蓝的旗帜
要让入侵者像放干了血的画皮一般
软绵绵地飘落下来

从怒江出发

怒江只有垂直线的改变
它的强力　可以熔化落日　去浸泡骨骼里的盐
诸神喜欢一种野心勃勃的文明　为此
一些小人物和大理想在江边移动

这是生机勃勃国家主权的脉搏
这样说不够具体
十足的养分在自然的肌体内拥挤
而不至于活在匮乏与无能之中
它一定在找寻自己的水平面
倾斜是必须
以使污浊之气不能聚集　怒江

身体里有全部的时空
受奴役很容易
自由很难
漫天的灰烬吞没了地平线
在洒满盔甲的土地上
你会更喜欢橄榄的绿色
而永远的自然却不言而喻
对于教化的天职　它一向尽职尽责

体面的日子里

他有一间漂亮的木屋
在春天的湖边
花园里种着许多名贵的花

他养着三匹好马
每当马匹扬蹄在空中嘶鸣时
他就看到那三颗死行星重新亮在了天空
他下决心一直爱着他们
为了更好　为了更坏
为了美有瑕疵　为了时间不可逆转
为了在晴朗的日子里
他们仍可以一起奔向远方

他会重新穿上那一件褐色的军服
他灰色的长须　愉快地飘荡在暖风里
这里距离机场只有十分钟
飞往那个遥远的地方才几小时
但显然他再也没有那几小时
用以回到从前
他只有伏特加　尖酸的笑
和愚蠢的睡眠
还有走调但胜过天籁的音乐
他陕隘　喜爱旧事物胜过无垠
他粗鄙　拒绝一切荣誉和金钱

他庆幸　他仍可以如此活着
对于孤独　对于不安
而因此庄严起来的日子
将不再被轻弄调笑
至于亲爱的你们
你们仨
还活着
正与我进行着如火如荼的比赛
你们将超乎意志
在离去许多年之后　继续存活
我们不再抱怨不再敏感
也不再使用沉重的字眼

我们的诺言用军刀铭刻
我们的尊严正宽大为怀
如万物茁萌　生机勃勃　千真万确

清扫战场

阴云像祭祀的烟雾　遮蔽大地的脓疮
这儿时不时会下场暴雨
像粉刷工在红泥地上泼溅出一些斑点
尸体有二十七具　还有一些碎尸

翻译官给了每个俘虏一支香烟
盐冢义和谷本谦卑地弯了弯腰
"阿利阿达喔可萨依马司"

然后他们被派上阵地清扫战场
尸体有的聚成堆　有的独自躺着
有一个样子是跪着的
有一个栽到在一块大石头旁
头顶着地　两臂僵硬
双眼斜着盯住一点
好像是倒立或者翻跟斗
那是糟糕的一天
连续几小时　他们把尸体运下山
然后装车
两人数到三　卯足劲儿
把死尸抛起来
看着它反弹　落到其他尸体中间
死者已经死去一天多了
全都肿胀不堪　衣服紧绷
犹如外皮

有的身体会出尖细的咯咯声
死人很沉
双脚青紫冰凉　　气味十分难闻

"嘿，老兄，我刚得出一种认识。"
"什么？"
盐冢义擦了擦汗　　话音极低
仿佛被自己的睿智吓着了
　"死亡真恶心。"

死亡

还有谁没见过死亡
就像路边的向日葵
已经无数次看见太阳
毁于尘土和大雨

拉班追击战

我想活着,生活让我留恋。

——普希金

他喉咙中弹　已经死亡　头浸在水里
他的躯体中　有个乔装的冬天
苍白又空洞
但他太年轻　如一只春天的鸟
埋在了夏天

太阳已经出来　来参加葬礼
在孟拱河谷这个四月的清晨
蚱蜢四处跳跃　蝴蝶翩翩飞舞
空气中弥漫着野花的香味
这名大尉的地图和双语字典被放在矮树丛上
兀自滴着水

很快会有人把他埋葬
让他沉睡　但也许没有人会这样做
那么他会随下一场雨和上涨的河水
一直漂到更远的地方　但无论如何
一定回不到神户或者长崎那个春天了

去收拾他们吧!
——大洛的奇袭

去收拾他们吧!
向裸露的天空开枪
倒挂树梢的毒蛇交织出的天空

去收拾他们吧!
腐尸的污秽洗净了罂粟的罪名

去收拾他们吧!
让云雀掉落在高岗
雨从雄性的大海中起身
洗濯血液
因死亡而大跨越　群星也将不朽

别害怕　孩子们　再过几小时
天神就穿上黑色的丧服
从山谷走下来哀悼
死过了一次　就不会再有第二次

一次进攻

这一次进攻
我们前进了二十码

迫击炮连的班长殉职
半小时内他完成了指挥
冲锋　中弹　流血　死亡和被埋葬
葬在了阵地的另一端

大地必定感受到某种异质的入侵
不是纵横的弹药筒和刺鼻的烟硝
而是凝固的血和死亡者的温度
雨徒然安慰自己
最洁净的灵魂只活在深渊里
有冒雨到班长新坟上的战士
拿走了他的武器

红土地就躺在大雨中
与刚下战场的士兵一样无聊
要么数数
要么发疯

熊本正

我没有再想背水阵和梯次射
想酒中的夏日之血
人释放了血　击碎了太阳

我看到射击手将鱼雷形的重弹
一个个向炮口内直塞
怪物以五十多度的发射角直冲而去
这时候只少了班长
班长就长眠在炮盘右面三十码的地方
过去整十六小时了

炮战完毕　步兵长驱直上
在丛林里发现一具敌军的尸体
颈上腮旁都长满胡须
子弹穿过了他的喉头和左胸部

地上一堆米饭　一群蚂蚁

我拾起了军帽　里面写着
第四十七部队　熊本正

那些个支离破碎的事情

这些事情总会被记住
一只空尸体口袋的潮湿
发霉的气味
悬挂在稻田夜空上的弦月
战友在某个肮脏污秽的地方死去
另一个战友的身体被送上西天
几秒钟后他看见了太阳和几朵白云
世界进行了重组　万籁俱寂

或者戴收养了一只失去母亲的小狗
用塑料汤匙喂养它
把它放到背包里背着
一直到德文把它绑在一颗克莱莫杀伤地雷上
扣动了引爆装置

或者金站在他打死的第一个敌人面前
长时间的发呆　路边开着蓝色的小花
他看着血从他身体里流出来
从汩汩奔突到稠密的凝重　再到紫黑色的血痂

或者只是为了行军而行军
穿行在原生质的缅甸
翻过丘陵　穿过稻田　淌过河流
仅此而已　没有选择　没有意愿
并且认为战争完全是一种摆弄姿态的事

一种惯性　一种空虚　一种迟钝的逃亡
迂腐的智能　麻木的良心
暗淡的希望和呆滞的人体知觉

那么稀奇古怪　没头没尾

请原谅

倘若我有什么过错　就请原谅
但愿宁静能够包容我们曾经疯狂的喧哗
但愿死者能够原谅我们日久衰老的记忆

焦土筑起野蛮人的坟墓　每当夜幕降临
黑暗带来庇护　这也是我们家乡的苍穹
请原谅
我为日后的喜悦淹没今日的痛苦而致歉
我为没有任何事物可以取悦时间而致歉

雨季泛滥的洪水已经改道
淹没了良田　村庄
我为不曾细细注视过你的美而痛心
战火已经烧到了天边
紫色的芒草卷曲着我年迈母亲的腰肢
我必须致歉　向被追捕的弱小者
请原谅我自私的残暴
虽然我们都曾是猎物　被不同的命运驱使
被死亡所威胁
请原谅
我们拿着手枪急冲冲地闯进了花园
请原谅我无法让飞行的子弹停下来
无法让所有的枝桠再在下一个春天萌芽
无法保护好母鹿　挡住瞄准的枪口

远方啊！请原谅我不能早早来到你的身旁

在你被战火蹂躏之前
原谅我　虽然你将从苦难中长葆青春
我为眼泪从笑涡里经过而致歉
我为最后一滴从身体里流淌出来的鲜血而致歉
请原谅
我为人生短暂而战事不休而致歉
我为死去的人从舞台的角落复活
重新列入生者之间谢幕而致歉
我为我幸存于战争而致歉

全人类战斗的意志超乎想象
永远在我们离去之后继续存活
请原谅

死亡碰撞死亡的声音如此尖锐
别怪我们一夜无眠看星星起落
假装天神在赦免一些罪
原谅存在的镣铐铛铛作响填满寂静的裂缝
而自由正飞进辽阔的世界让人手足无措
请原谅

中弹经历

中弹是种多少可以引以为傲的经历
我是说你应该能够常常谈起它
弹头的猛击犹如重拳
它使你喘不过气来
还有眩晕的感觉
自身血肉的气味
中弹后你的所想
所说　所能做的事
你盯住一颗小白石子
或者一根草叶的样子
你知道
那是我所能见到的最后的东西
那石子
那草叶
它让你想哭出来

而德文也中弹了
他被击中了头部
躺在地上
嘴张着　牙齿被打碎了
颧骨没了
他死了　这家伙死了
我是说真的死了
不会错！
围绕他周围的是浓雾

潮湿的土壤
《圣经》的气味和奢华的黑夜舒适

我们的敌人

除了败仗之外没有任何东西像胜仗那样使人伤感。

——威灵顿公爵

五月降临
战车又在密支那平原寻找猎物
风从地平线袭来
吹拂盛大的春天
我们的敌人将心满意足
如果他们已经厌倦了长生

伊洛瓦底江藏匿了太久
雨神正日夜造访
果子已烂在地上
我们的敌人将有神圣的记忆
如果他们再竭三衰　彻夜难眠

尸骸　刺目的军旗
在山冈上　在大树旁
在灌木丛里　在村落边际
准备写一首血的史诗
有一天　他们将忘却一切的苦难
靠近神山　芳草萋萋

而现在无处不在的艰难苦厄
撞击易逝的生命
掩埋死者的土丘映着昭昭白云

流水日日朝着战火焚烧的地方追赶
犹如捎来神灵的恩赐
永恒的力量
一如我们只能从植物
阳光和空气中感受到自身的存在
一如我们的敌人
正在九泉之下忙不迭地成熟起来

那好，就让神圣而大胆的光芒普照人间吧！
我们刀枪入库　返老还童

洗澡

您将从一个角度写下我们。

——约瑟夫·布罗茨基

黑色的大鸟翅膀锋利
在我们赤裸无遮的注视下
停止了飞翔

猫头鹰有旧派的作风
正检点大树上六个空位
也观看
为一枚坚果打架的长尾巴松鼠

水波洗涤着我们的身体
盛宴每天都有
钻石般耀眼的炮火
是天空雇用的杀手

死亡井然有序
魔法和巫术都有规则
太阳根本不会落下
星星一直挂在天空

再洗洗吧
顺着水流就能找到
上一次你无忧无虑的笑声
而现在百合花挤进了黄昏

一切短暂都将永恒

我们在河里洗澡
猪一样形状的云朵
在天空奔跑
雨落下　似一万颗流星
仿佛一阵枪弹齐发
万物总是比我们活得更长久
伊洛瓦底江沉到了时间之外
只余上帝空空如也的双手

光

细小的叶子总是难以分辨
战栗来自
日光还是炮火

死亡如此尖锐
白光一闪
仿佛黄蜂蜇了花房的静谧

苦雨南高江

一. 悼亡

伊洛瓦底江上空的风暴
在眼睛的瞳仁里

雨像悼亡的友人
在无名战士的坟前
久久没有离开

大地换上了另一件衣服
衣服上的斑斑血迹已经被清洗

二. 雨是有种子的

松针般密密地雨把我们遮蔽
把我们要付出的代价精确计算

大部分雨已经毁了村庄
小部分雨成为乌云紧压着我们
像泥土压实了种子

三.你长眠的地方

如果可以　请在此时此地卸下
你身上的重量

让雨下得久些
给天空一面巨大的镜子
让它看到全部的痛苦和人生

四.怯懦

大雨俯伏几天
南高江松开了花簇
雨季终漫长　也许
战争会成为远去的悲悯

但枪炮声仍像火山爆发
雨除了把一些怯懦的东西搅来搅去
实在没有别的用处

到那一天

只有死者看到过战争的终结。

——柏拉图

有一天
孟拱河会有与之相应的轮回
成对的花蕾会绽放
那从肉体和腐尸中喷射出的火焰
将成为极亮的光
在洞穴和坟墓之间散开
如桂冠上镶嵌的宝石

大树的根会从地表深处举起整个山谷
想象人类的毁灭与世界的奇迹
最敏捷的骑手是时光
所有的一切都被甩下
成群的鸟儿唱着黑色的音符
从天空让出道路
盔甲被悬在树梢